Holly Bourne

Witchy Wishes – Ohne Magie klappt das nie!

Holly Bourne, geboren 1986 in England, hat erfolgreich als Journalistin gearbeitet, bevor sie das Schreiben von Jugendbüchern zu ihrem Beruf machte. Mit den Wünschen und Sehnsüchten von Jugendlichen kennt sie sich gut aus, da sie auf einer Ratgeber-Webseite viele Jahre lang Beziehungstipps an junge Leute von 16–25 Jahren gab.

Nina Frey, geboren in Heidelberg, studierte Anglistik und Germanistik in Hamburg. Sie arbeitete lange im Kunsthandel in Hamburg, London und Berlin. Heute lebt sie als freie Übersetzerin in Wien.

Für Lucy.
Mit niemand anderem würde ich lieber einen Baum verhexen.

Erstes Kapitel

Also, Telekinese ist echt schwieriger, als ich mir vorgestellt habe.

Ich starre auf meinen Eyeliner auf dem Teppich, schiele ihn an, konzentriere mich mit aller Kraft auf ihn, um ihn zum Rollen zu bringen.

Beweg dich, Eyeliner. Mach. Roll dich zur Seite. Du schaffst das. Ich glaub an dich.

Mein Hirn schmerzt, als ob gleich ein Blutgefäß platzen würde. Aber ich mache weiter. Gleich wird er zucken, ich spüre es. Jetzt muss sich doch wohl langsam mal was tun. Schließlich starre ich ihn schon ganze zehn Minuten an!

Mach schon. Jetzt zuck einfach mal. Beweg dich, du blöder Kajalstift. Spürst du nicht, wie meine pulsierende Hirnvene es verlangt?

Der Stift bleibt, wo er ist, und rührt sich einfach nicht vom Fleck. Ich fasse es nicht. Ich meine, ich weiß, das klingt jetzt ein bisschen arrogant, aber schon seit ich damals *Matilda* gelesen habe, war ich davon überzeugt, dass ich die gleiche Fähigkeit besitze – mit meinen Gedanken Gegenstände zu bewegen und so. Und dass der einzige Grund, warum ich's bisher nicht gemacht habe, ist, weil ich dem Thema Telekinese bisher nicht die nötige Zeit und Aufmerksamkeit gewidmet habe.

Aber jetzt sitze ich da, in der Nacht des Super-Blut-Wolfsmondes, verkleidet als sexy Wicca. Ich bin bereit, die natürliche Hexe in mir anzunehmen, aber … die natürliche Hexe in mir verweigert den Dienst. Ganz schöner Reinfall so weit und genau genommen auch für den Rest meiner Abendplanung wenig verheißungsvoll.

Es läutet an der Tür, das Klingeln hallt durchs Haus. »Ich mach schon auf!«, höre ich meine Mutter rufen, und ich lasse sie. Einmal noch …

Wieder starre ich den Eyeliner an.

Beweg dich … beweg dich einfach… Jetzt komm schon, du dicker, fetter Kajalstift. Einfach nur ein bisschen rollen …

Ich höre Stimmen und Begrüßungsworte und die

Schritte von die Treppe hinaufstürmenden Schuhen, aber ich bleibe konzentriert. Schiele … wünsche …

Meine Schlafzimmertür fliegt auf und im selben Moment rollt der Eyeliner sanft zur Seite.

O MEIN GOTT! ICH HAB'S GESCHAFFT! ICH HAB'S GESCHAFFT!

Triumphierend schnappe ich mir den Stift und wende mich Mia zu, die wie eine Goth-Queen in der Tür steht. Kajalfreie Partien hat ihr Gesicht wenige aufzuweisen.

»Grad hab ich diesen Stift zum Rollen gebracht!«, erkläre ich ihr. »Mit Gedankenkraft! Ich kann Telekinese!« Ich wedele mit dem Eyeliner über meinem Kopf herum.

»Im Ernst?«, fragt Mia und hebt grinsend eine Augenbraue.

»Ich glaub schon! Ich üb schon den ganzen Tag, und da hat er sich plötzlich bewegt …« Ich halte inne und sauge am Stiftende. »Oder vielleicht war's auch der Luftzug, als du reingekommen bist …«

»Und wenn wir ganz ehrlich sind, Sophia«, sagt Mia, »dann war's leider bestimmt genau das.«

Mia spaziert herein und lässt ihre Übernachtungstasche auf mein Bett plumpsen. Beim Aufschlagen gibt die Tasche ein etwas bedenkliches Klirrgeräusch von sich, als hätte Mia eine kleine Sammlung Geschirr eingepackt.

»Hey, kann auch sehr gut sein, dass ich eine richtige Hexe bin!«, gebe ich zu bedenken.

»Nun, das wird sich ja im Verlauf des Abends herausstellen, nicht?«, antwortet Mia.

Sie beginnt, den Inhalt ihrer Tasche auszuräumen: Unmengen Kerzen, ein Wollknäuel und einen Strauß rote Rosen. Ich erhebe mich vom Teppich, betrachte ihre Ausbeute und nehme mir eine der Rosen.

»Danke, dass du mir die Rose besorgt hast«, sage ich. »Waren sie teuer?«

Mia deutet darauf und zwinkert mir zu. »Die gab's bei Tesco auf drei Pfund reduziert. Ich glaub, sie sind eh fast hinüber.«

»Wird sich eine fast hinübere Rose nicht ungünstig auf den Zauber auswirken?«, frage ich.

»Ganz verwelkt sind sie noch nicht. Ist ja auch nur für heute Nacht.«

Ich höre die Schritte meiner Mutter auf der Treppe. »Sophia?«, trällert ihre Stimme. Mia und ich blicken einander panisch an, dann das Bett, dann wieder einander.

»Schnell! Weg mit dem Zeug!«

Mia rupft meine alte Kuscheldecke vom Bett und drapiert sie über ihre Hexenausrüstung, als meine Mutter ins Zimmer tritt.

»Mum! Du hast nicht geklopft!«, beschwere ich mich.

Sie ignoriert meinen Protest. »Was zum Henker habt ihr mir euren Gesichtern angestellt?«, fragt sie, als sie die absurd dicken Make-up-Schichten bemerkt.

Mia und ich prusten los. »Wir sind nur am Experimentieren«, sage ich. »Neue Looks ausprobieren und so.«

Immer noch stirnrunzelnd klippt Mum sich einen Ohrring ans Ohrläppchen. »Ich dachte, bei einem neuen Look geht's drum, den Look zu verbessern?«, sagt sie. »Ihr seht ja aus, als hättet ihr euch selbst ein blaues Auge verpasst, beidseitig.«

Danke auch, Mum, denke ich. Ich verdrehe meinen Kopf, um mein Gesicht im Spiegel betrachten zu können. Die Smoky Eyes haben mich Stunden gekostet. Sogar ein YouTube-Tutorial hab ich mir angesehen, um's richtig hinzukriegen. Und von dem ganzen Blending tut mir das Handgelenk weh.

»Ich finde, wir sehen cool aus«, entgegnet Mia und strahlt sie an. Mums Augen wandern zu Mias langen Ärmeln, die sie über den Händen zusammengerafft hat. Sie beißt sich auf die Lippe und klippt sich den anderen Ohrring an. Ob ihr Mias Angewohnheit aufgefallen ist, niemals die Arme zu zeigen? Kommentieren tut sie jedenfalls nichts.

»Nun, also …«, sagt sie stattdessen. »Jedenfalls, Sophia, im Eisfach sind ein paar Pizzen für euch. Und ich hab euch ein paar Dips und Chips besorgt, wie du gesagt hast.«

»Danke«, antworte ich.

»Nicht zu laut sein, sonst regt sich Ken von nebenan wieder auf.«

»Sind wir nicht.«

»Das heißt, den Fernseher nicht über fünfundzwanzig aufdrehen.«

»Weiß ich.«

»Und ruf mich an, falls irgendwas passiert …« Mums Augen wandern kurz zu Mias bedeckten Armen. »Egal, was.«

»Mum, wir schauen nur Filme und schlafen dann«, versichere ich ihr. *Und versuchen uns dabei ein wenig an Zaubersprüchen, die wir bei Google gefunden haben*, ergänze ich in Gedanken. »Wir machen keinen Lärm.«

»Hmm. Okay. Also, trotzdem. Ruf mich an. Wenn irgendwas ist, ruf mich an. Spätestens um zehn Uhr früh bin ich morgen wieder da.«

Mum beugt sich vor, um mich zu küssen, und erstickt mich mit ihrer Parfümwolke. Hoffentlich ist die ein bisschen abgeklungen, bis sie bei ihrer Verabredung angekommen ist, die sie vor mir verheimlicht. »Bloß Abendessen bei Sandra.« Schon klar. Nicht, dass ich es Mum übel nähme, dass sie sich einen neuen sucht. Ist ja jetzt auch schon fast ein Jahr her. Aber mein Gott, was sagt das aus, wenn das tragische Liebesleben der eigenen Mutter besser läuft als das eigene? Sie ist eine alte Spinnerin und ich stehe in der Blüte meiner Jugend. Und wer von uns beiden muss auf Magie zurückgreifen, um sich einen Freund anzuschaffen?

Ich küsse neben ihrem Hals in die Luft und scheuche sie aus meinem Zimmer. Wir hören, wie sie sich ihre Tasche schnappt, ihren Abschiedsgruß die Treppe hinaufruft und die Haustür ins Schloss fallen lässt.

»Hat deine Mutter wieder ein Geheimdate?«, fragt Mia.

»Die hält mich für bekloppt.«

»Wie geht's dir damit?«

Ich zucke mit den Achseln. Ich will nicht wirklich darüber reden. »So, dass ich denke, wir können jetzt die Zutaten wieder rausholen«, sage ich und lüpfe das Tuch.

Mia beschließt, nicht darauf zu beharren, und verzieht stattdessen das Gesicht. »Hast du grad ›Zutaten‹ dazu gesagt?«

»Klar. Wie sollen wir sie sonst nennen?«

»Weiß nicht«, sagt Mia. »Aber nicht *Zutaten*. Wir machen hier Magie, keinen Nudelauflauf. Du musst das ernst nehmen.«

Ich ziehe beide Augenbrauen in die Höhe. »Tu ich auch.«

»Gut. Sonst klappt das nämlich nicht mit dem Zauber.«

Ich strecke die Hand nach ihr aus und stupse sie sanft an. »Mia, ich nehme das ernst, verspro–« Ich vollende den Satz nicht, denn auf einmal klingelt es wieder an der Tür. »Das wird Alexis sein. Ich mach ihr auf.« Ich klettere vom Bett und trotte hinunter.

Auf halber Strecke höre ich Mia rufen: »Hoffentlich verschwendest du nicht unseren magischen Abend mit dem Versuch, dir Aidan zurückzuzaubern.«

Schon beim Klang seines Namens muss ich mir ans Herz fassen. *Aidan, Aidan, Aidan.* Ich bin süchtig nach dem Wort. Ich schließe die Augen und spüre, wie Demütigung, Schmerz und Zurückweisung auf mich einprasseln.

»Wirst du später sehen«, rufe ich hinauf und wische meine Gefühle beiseite.

Wieder schellt die Türglocke.

»Lass mich rein!«, brüllt Alexis durch den Briefschlitz. »Es ist so kalt, dass die Hölle zufriert und die Teufel nach oben auswandern! Hier draußen ist es gefährlich!«

Ich zwinge mir ein Lächeln aufs Gesicht und lasse das letzte Mitglied unseres Hexenzirkels ein.

Zweites Kapitel

Unser Kleidermotto für heute Abend lautet »Kinderschreck«, und Alexis hat das Programm wörtlich genommen. Da steht sie in der geöffneten Tür, gehüllt in Schwarz und Spitze … und noch mehr Schwarz und noch mehr Spitze. Aber ihr Gesicht ist frei von Make-up, die Nase rot und verrotzt.

»Hallo«, schnieft Alexis. Mit unter den Arm geklemmtem Schlafsack betritt sie das warme Haus. »Entschuldige die Verspätung. Ich wollte gerade los, und da hab ich Caspers Wassernapf neben der Tür gesehen, damit er morgen gleich mitkann, wenn die Müllabfuhr kommt, und … und …« Schon schüttelt sich Alexis vor Schluchzen und muss sich an die Wand stützen. Ich schließe die Tür und sie wirft sich mir in die Arme.

»Tut mir leid«, sagt Alexis in einem fort, während sie meinen Hals ganz nass macht. »Tut mir leid. Nur … da stand Caspers Name drauf, weißt du? Das war sein Lieblingsnapf.«

Ich nicke in ihr Haar, tätschle ihr den Rücken und wiederhole immer wieder: »Schon gut, ist ja gut.«

Seit ihr Hund Casper letzte Woche gestorben ist, bricht Alexis immer mal wieder unvermittelt in Tränen aus. Klar, ist ja auch traurig. Aber ein wenig überrascht waren Mia und ich schon, denn Alexis hat diesen Hund *gehasst*. Also buchstäblich gehasst. »Kackköter« hat sie den Yorkshire Terrier immer genannt und sie hat sich ständig nur über ihn beschwert. Zu seinen Vergehen gegenüber Alexis zählten: Kläffen, Stinken, ständiges Um-sie-Herumhüpfen sowie allgemeines Stehlen der Aufmerksamkeit – nicht, dass sie den letzten Punkt jemals zugeben würde.

Ich drücke Alexis ein letztes Mal an mich und lasse sie los. »Ich habe Dips«, erkläre ich ihr. »Dips ohne Ende!«

Beim Klang des Worts »Dips« erscheint Mia oben an der Treppe. »O Gott, die Dips hab ich total vergessen!«, ruft sie herunter. »Können wir die jetzt aufmachen?« Sie galoppiert die Treppe zu uns herab, bremst aber, als ihr Alexis' Zustand auffällt. »Ach, Süße, was ist denn los?«

Alexis schüttelt den Kopf. »Ach nichts. Sorry, ich will hier echt kein Drama machen … Nur … als ich gegangen bin, hab ich Caspers Napf gesehen …« Wieder heult sie los.

Ich übergebe an Mia, um mich ans Anrichten der Snacks zu machen. In der Küche angekommen, rupfe ich alles aus dem Kühlschrank. Dann leere ich einen Haufen Chips in eine Schale und stelle die Dips und die Chips auf ein Tablett. Ich höre, wie Mia Alexis beruhigt und die beiden wieder nach oben stapfen.

»Ich will hier echt nicht so ein Drama machen«, wiederholt Alexis auf der Treppe. Da kann ich nur grinsen, denn Alexis ist das Drama in Person. Beide meine Freundinnen sind das. Unmöglich, nicht »die Ruhige« zu sein, wenn ich mit ihnen zusammen bin – selbst ein Nebelhorn täte sich da schwer, auf sich aufmerksam zu machen. Vor anderen ist Mia eher schüchtern, aber wenn wir nur zu dritt sind, muss sich alles um sie drehen.

Ich folge ihnen in mein Zimmer, wo eine deutlich ruhigere Alexis vor meinem Spiegel sitzt, um sich von Mia schminken zu lassen.

»Ich hab das ja versucht mit dem Kajal«, erklärt Alexis, als ich mit dem Tablett hereinplatze und es auf den Boden stelle. »Aber ich hab dann immer gleich alles wieder weggeheult. Die Trauer, versteht ihr?«

Mia beugt sich vor und malt meinen Kajal auf Alexis' Gesicht.

»Hat dir Sophia schon von ihrem Telekineseerfolg

mit dem Eyeliner berichtet?«, fragt Mia und verwischt den Kajal mit dem kleinen Finger.

»Was ist Telekinese?«, fragt Alexis und jault dann auf: »Autsch, Mia! Voll ins Auge!« Alexis schlägt Mias Hand weg und zwinkert wie wild.

»Telekinese ist die Fähigkeit, Gegenstände durch reine Gedankenkraft zu bewegen«, sage ich.

»Und was hast du gemacht? Deinen Eyeliner zum Schweben gebracht oder was?«, fragt Alexis.

»Na ja, nicht ganz, aber zum Rollen«, sage ich.

»Dank des Luftzugs der aufgehenden Tür«, fügt Mia hinzu und ich strecke ihr die Zunge raus.

Alexis wirkt wenig beeindruckt. Sie streckt sich zum Spiegel und studiert ihr Gesicht. »O Gott, ich sehe aus wie Mia.« Alexis dreht sich zurück und ortet meine Snackauswahl. »Ist das dieser marokkanische Hummus? Gott, du HELDIN!«

Wir sitzen im Kreis und vernichten das Essen, versprühen Krümel und beklecksen den Teppich beim Sprechen mit vollem Mund mit Dip.

Mir ist nicht ganz wohl bei dem, was wir vorhaben. Der ganze Hexenkram war ursprünglich eher als Witz gemeint. Es gibt diese Sendung auf Netflix, die wir vor ein paar Wochen zusammen gesehen haben. Und weil es Sonntagabend war und wir uns langweilten, haben wir zum Spaß einen »Sonntagsschneezauber« in Mias Küche veranstaltet. Dazu haben wir Schokolade mit Marshmallows geschmolzen und ein paar Hexengesänge angestimmt und dann die Marshmallows gefuttert. Das war reiner, selbst ausgedachter Quatsch – bis es über Nacht, während wir schliefen, tatsächlich schneite.

»Wir sind Hexen«, schrieb uns Mia am nächsten Morgen, mit einem Screenshot der Nachricht, die Schule sei geschlossen.

Das haben *wir* gezaubert!

»Der Wetterbericht hatte Schnee vorhergesagt«, betonte ich.

»Nicht so viel.«

»Klar, aber immerhin.«

Egal, seitdem ist Mia voll auf dem Hexentrip. Sie hat reihenweise Zaubersprüche gegoogelt und trägt noch mehr Schwarz als ohnehin schon und streicht im Vorbeigehen über jeden Ast, jedes Blatt und sonstiges Grünzeug. Vermutlich hatte Mia immer eine leichte Tendenz zur dunklen Seite der Macht. Seit der Siebten trägt sie die Haare schwarz gefärbt. Ihre langen Ärmel sind schwarz, und ich befürchte, dass sie darunter eine ganze Bandbreite an Finsternissen verbirgt. Nach dem Sport zieht sie sich in der Toilette um statt in der Umkleide und selbst im Hochsommer hatte sie immer was Langärmeliges an, auch in der größten Hitze.

Bald sind von den Dips nur noch eine Schüssel voller Brösel und zwei leer gekratzte Schalen übrig. Wir fläzen uns auf meinen Teppich, halten uns die Bäuche und seufzen, was wir uns da angetan haben.

»Wird das mit der Magie klappen, wenn ich so … voll bin?«, fragt Alexis. Sie blickt hinab auf ihren Kugelbauch, streichelt ihn und sagt: »Mami ist ganz stolz auf dich.«

Es ist zum Schreien komisch, wenn Alexis sich so vollstopft. Ein paar Stunden lang sieht sie dann immer aus wie mindestens im sechsten Monat. Alexis schaut wieder zu mir. »Hast du nicht gemeint, es gibt noch Pizza?«

»Wie kannst du IMMER NOCH Hunger haben?«, kreische ich fassungslos.

»Das ist eine Trauerreaktion!«, entgegnet Alexis.

Mia klatscht aufmerksamkeitsheischend mit den Händen. »Lasst uns endlich loslegen. Wir haben heute Abend drei Zauber vor uns und wir haben noch nicht mal den magischen Zirkel gebildet.« Alexis reibt sich immer noch den Bauch. »Kann die Pizza nicht der magische Zirkel sein?«

»Im Ernst, wie schaffst du es, immer noch hungrig sein?«, fragt Mia.

»Ich sag doch, Trauerreaktion!«

Ich stehe auf, damit das hier nicht schon wieder im Streit ausartet. Ich gerate ständig zwischen die Fronten von Mia, die sich aufregt, dass Alexis sie nicht ernst nimmt, und Alexis, die sich aufregt, dass Mia ständig alles zu ernst nimmt.

»Wie wär's, wenn ich den Ofen anstelle?«, frage ich gedehnt, als wären sie Kinder. »Und derweil könnt ihr beiden schon mal die Zutaten bereitstellen?«

»*Zutaten*?«, japst Mia mich an und erstickt meine friedensstiftenden Maßnahmen im Keim. »Zutaten? Herrgott noch mal, Sophia. Keine von euch nimmt das auch nur ansatzweise ernst!« Sie schleudert die Arme in die Luft und stürmt aus meinem Zimmer.

Drittes Kapitel

Ich schaue Alexis an.

Alexis schaut mich an.

Wir hören, wie die Badezimmertür zuknallt und abgesperrt wird.

»Was hab ich gemacht?«, frage ich.

Alexis wirft sich auf mein Bett und streckt die Füße von sich. »Ist nur Mia«, sagt sie. »Für diese Art von Reaktion musst du eigentlich gar nichts Bestimmtes machen.«

»Was sollen wir tun?«, frage ich.

»Genau das, was sie von einem will. Ihr folgen …«,

antwortet Alexis kopfschüttelnd. Sie lacht: »Und mich nennt Mia die Drama-Queen!«

Ich stehe auf, verunsichert und genervt. Ich liebe meine Freundinnen, wirklich. Aber die beiden nehmen mit ihren Problemen und Forderungen so viel Raum ein, dass für mich kaum noch was übrig bleibt. Heute Abend sollte es eigentlich darum gehen, mich aufzumuntern. Mich. Nach Aidan. Aber jetzt ist schon wieder so eine verflixte Verstorbener-Hund-Totenwache draus geworden, vermischt mit Dramen, die ich noch nicht mal durchschaue. »Warum kümmerst du dich nicht um die Pizzen«, schlage ich vor, »und ich rede mit Mia?«

»Hundertmal ja«, sagt Alexis.

Ich schleiche durch den Flur, ohne so recht zu wissen, warum ich so heimlichtue. Hinter der Badezimmertür höre ich Mia weinen und mir krampft sich der Magen zusammen.

Sanft klopfe ich an und die Schluchzer geraten ins Stottern. »Mia, ich bin's«, sage ich unnötigerweise.

»Ich möchte gerade allein sein«, schnieft Mia.

»Wir wollten dich nicht aufregen.«

»ICH REG MICH NICHT AUF!«

»Vielleicht ein ganz klein bisschen.«

»NEIN, NULL!«

»Du hast dich einfach nur so im Bad eingeschlossen.«

»NÖ, HAB ICH NICHT!«

Dann höre ich, wie sie über sich selbst lachen muss, und mein Magen entknotet sich, weil ich weiß, dass Mia wieder zu sich kommt. Sie, eingesperrt in einem Zimmer mit meinen Rasierern – der Gedanke gefällt mir nicht.

Ich lache auch. Ich warte. Ich lausche, wie Mias Weinen sich beruhigt, neben den Geräuschen von Alexis, die mit Schwung die Backofentür auf- und zuklappt. Ich warte noch eine Weile, lasse die Stille ihr magisches Werk verrichten. Dann schabt das Schloss, die Tür schwingt auf und dahinter liegt Mia zusammengekauert auf dem Badewannenvorleger.

»Tut mir leid«, sagt sie verlegen. Ihr ganzes Augen-Make-up ist verschmiert.

»Mir tut's auch leid.«

Mia schlingt sich die Arme um die Brust. »Ich hab nur … also … mir kommt's nur so vor, als nehmt ihr die Zauberei gar nicht ernst!«

»Tun wir! Ich hab versucht, allein mit Gedankenkraft einen Eyeliner zu bewegen!«

»Klar, um mich zu verarschen«, sagt Mia.

»Nein.« Das ist die volle Wahrheit. »Ich hab wirklich geglaubt, ich hätte es beinah hingekriegt. Und Alexis hat einfach nur Hunger.« Ich halte ihr eine Hand hin. »Komm schon. Das war schließlich meine Idee mit der ganzen Hexenparty. Warum sollte ich das vorschlagen, wenn das für mich nur ein Witz wäre?«

Mia schnieft. »Es ist deshalb ein Witz, weil du es nur machen willst, um die Arschgeige Aidan zurückzukriegen.«

Ich drücke mir die Fäuste in die Augen. »Bitte nenn ihn nicht so!«

»Stimmt aber.«

Die Trauer kommt zurück, als hätte jemand ein Gummiband gegen mein Herz geschnalzt. Aidan will mich nicht. Niemand will mich. Weil ich ein Nichts bin.

»Können wir nicht einfach die Pizza essen und loszaubern?«, frage ich, weil ich dringend vom Thema Aidan wegkommen will.

»Versprochen, dass du es ernst nimmst?«, fragt Mia.

Ich nicke, und endlich lässt sie sich von mir umarmen. Ich hocke mich zu ihr auf den Badvorleger und umklammere Mias mageren Körper. Ich spüre, wie ihr Herz durch ihr Spitzentop wummert, und es fühlt sich an, als umarme ich ein verschrecktes Vögelchen.

»Was ist los?«, frage ich. »Ist alles okay?«

Mia seufzt, und ich weiß, dass ich keine Antwort bekommen werde. Bekomme ich nie. »Ja, alles klar.«

»Bist du sicher?«

»Sophia, bitte!«

»Okay, okay, aber ich bin immer für dich da.«

»Ich weiß, und umgekehrt auch. Sorry wegen der Arschgeige. Es regt mich nur auf, dass er dir so wehtut, wo doch jeder weiß, wie toll du bist.«

Seltsam, wie Komplimente einen traurig machen können, besonders die, an die man nicht glaubt.

»Tja, offensichtlich nicht toll genug. Sonst hätte er ja nicht –«

»ESST IHR DIE PIZZA AUCH UNAUFGETAUT?«, ruft Alexis die Treppe hinauf. »ICH HAB SO HUNGER, ICH HALT'S NICHT MEHR AUS!«

Mia und ich lächeln, dann stehen wir beide auf und treten raus in den Flur. »WIE KANN ES SEIN, DASS DU IMMER NOCH HUNGER HAST?«, rufen wir gleichzeitig die Treppe hinunter.

»Sag ich doch, Trauerreaktion!«

Viertes Kapitel

Ich habe nicht an Magie geglaubt, bis ich mich in Aidan Chambers verliebt habe. Oder um genauer zu sein, bis Aidan sich auch in mich verliebt hat. Jede in der Schule liebt Aidan. Das kann man so voraussetzen. Es ist gewissermaßen die Grundeinstellung für jedes Mädchen in der Neunten. Der gewagteste Satz, den man von sich geben kann, lautet: »Nein, auf Aidan Chambers steh ich eigentlich nicht so.« Und es würde einem ohnehin niemand abkaufen.

Menschen wie Aidan verlieben sich nicht in Menschen wie mich. So läuft das nicht in der Schule. So läuft das nicht im Leben. Oder jedenfalls habe ich nicht glaubt, dass es so läuft.

Ich hatte mich damit abgefunden, ihn aus der Ferne zu lieben, wie jede andere auch. Das hatte seine Höhepunkte – wie zum Beispiel, dass er mir jeden Dienstag zwischen Viertel und achtzehn nach elf auf dem Gang entgegenkam, wenn ich auf dem Weg zu Englisch war und er auf dem Weg zu Mathe. Jeden Dienstag machte ich mich extra hübsch dafür – stylte mir die Haare auf eine besondere Art, tupfte mir vielleicht etwas Lipgloss auf, aber nicht so viel, dass ich dafür Nachsitzen kriegen könnte. Am Vorabend übte ich einen attraktiven Gang und wählte das Gesicht aus, das ich aufsetzen würde. Eines, das so tat, als wäre ich selbstsicher und hübsch und lustig und zugänglich und liebenswert – und das völlig selbstverständlich. Tiefpunkte gab es auch: Wenn ich jeden Dienstag zwischen Viertel und achtzehn nach elf mit roten Lippen und französischem Zopf und einem richtig gut vorbereiteten Lächeln auf den Lippen an ihm vorbeischritt – und Aidan mich keines Blickes würdigte.

Meiner Liebe tat das keinen Abbruch.

Irgendwann werde ich Aidan schon auffallen, sagte ich mir jeden Dienstag um neunzehn nach elf. *Irgendwann. Wenn die Zeit dafür reif ist.*

Und bis die Zeit reif dafür war, bestand meine liebste Tätigkeit darin, einfach dazusitzen und Löcher in die Luft zu starren, mir vorzustellen, wie sagenhaft es sich anfühlen würde, seine Freundin zu sein, besonders in der Woche, in der er die Hauptrolle im Schultheaterstück spielte. Ich würde ganz vorn in der Aula sitzen, auf einem »reservierten« Stuhl in der ersten Reihe, und nach dem Applaus und der Verbeugung würde er mich vor aller Augen küssen … Doch die Monate vergingen, und noch immer hatte Aidan mich nicht einmal wahrgenommen.

Jedenfalls, bis ich etwas Grenzwertiges tat.

Also, das mag jetzt etwas seltsam wirken. Meinetwegen, es wird definitiv extrem seltsam klingen, aber ich hatte ja auch keine Ahnung, was passieren würde, und ich war an dem Tag ohnehin schon sehr komisch drauf. Ich hatte gerade das erste Mal meine Periode bekommen, endlich. Meine Gebärmutter führte sich auf, als wolle sie sagen: *Hier hast du alles, was du bisher verpasst hast, AUF EINMAL*, besonders, da ich in meiner Stufe die Letzte war, die ihre Tage bekam. Ich hatte eine riesige, windelähnliche Binde in der Unterhose, die ich alle zwei Stunden wechseln musste, und es fühlte sich an, als wolle sich mein Unterleib den Weg aus meinem Körper schaufeln – und zwar mit einem Löffel. Also, kann sein, dass es der Blutverlust war, oder vielleicht war auch nur Chemie so richtig langweilig, aber ich … ich …

Ich hexte mithilfe eines Bunsenbrenners Aidan Chambers einen Liebeszauber an den Hals, okay?

Ich war völlig am Boden, weil es Dienstag war und er

mich wieder mal ignoriert hatte. Der Fairness halber muss ich sagen, dass ich mich nicht so ins Zeug gelegt hatte wie sonst, weil ich den ganzen Morgen in Embryonalstellung auf dem Badezimmerboden verbracht, wie eine Katze gejault und mich bei Mum beschwert hatte: »Willst du mir sagen, dass jetzt die nächsten vierzig Jahre meines Lebens jeden Monat dieser Horror kommt?« Ich hatte den Bus verpasst und mich von Mum zur Schule fahren lassen müssen, mit einer verschwitzten Scheißfrisur. Klar, dass Aidan mich wieder übersehen hatte. Zusammen mit den Hormonen und der Periode hatte mich das so fertiggemacht, dass ich hinausgemusst hatte, um in der Toilette zu heulen.

Dann hatte ich Chemie, und meine Partnerin, Nell, war wegen ihres chronischen Erschöpfungssyndroms mal wieder nicht da. Also machte ich mein Experiment allein in der Ecke, wie in den meisten Stunden, seit sie vor zwei Monaten krank geworden war. Wir sollten Aluminium anzünden, um zu sehen, welche Farbe es annahm oder so. Die Bunsenbrenner standen schon bereit und ich starrte in die Flamme vor mir und sinnierte über die Schönheit von Aidans Kinn. In diesem Moment hörte ich eine Stimme in meinem Kopf, die mir zuflüsterte: *Wie wäre es mit einem kleinen Liebeszauber?*

Ich dachte nicht groß drüber nach, sondern rupfte einfach eine Seite aus meinem Chemiebuch und kritzelte Aidans und meinen Namen zusammen drauf, umrundet von einem Herzen. Keine Ahnung, ob das kunstgerechte Magie war, es fühlte sich einfach richtig an. Dann faltete ich das Blatt zusammen, küsste es, ergriff es mit der Metallpinzette und hielt es ins Feuer. Es verbrannte in einer beeindruckend orangenen Flamme und ich hörte mich flüstern: »Wenn wir füreinander bestimmt sind, dann bring uns zusammen. Hilf ihm, mich so zu sehen, wie ich ihn sehe.«

Dann bekam ich einen grauenhaft schrecklichen Menstruationskrampf und die ganze dramatische Spannung verpuffte. Ich musste mich entschuldigen lassen und humpelte hinaus.

Das war alles ein bisschen peinlich. Ich dachte nicht mehr groß darüber nach – bis ich zwei Wochen später wieder allein dasaß, die Periodentafel der Elemente anstarrte und versuchte, mich für die Halogengase zu erwärmen, als es an die Chemiesaaltür klopfte. Aidan erschien. Sämtliche Mädchen richteten sich in ihren Stühlen auf, mich eingeschlossen. Sogar Miss Matthews schien bei seinem Anblick leicht zu erröten.

»Hallo«, sagte Aidan zu unserer Lehrerin. »Ich bin in diese Gruppe verlegt worden, aber ich hatte es vergessen und bin aus Versehen in meine alte Gruppe gegangen.«

Jedes Mädchen im Raum kicherte, klimperte mit den Wimpern und schleuderte das Haar umher wie ein Nilpferd, das mit dem Schwanz Fliegen verscheuchen will. An jenem Tag sah Aidan Chambers besonders umwerfend aus – mit frisch geschnittener Kurzhaarfrisur und Streifenschal.

Miss Matthews nickte. »Gut, alles klar«, sagte sie. »Nun, die Stunde ist schon halb vorbei. Also setz dich einfach und versuch mitzukommen. Wir können uns später darüber unterhalten, was du vielleicht nachholen solltest.«

Mir rutschte fast das Herz in die Hose, als mir aufging, dass Aidan sich gleich neben mich setzen würde. Mich! MICH? Nur neben mir war noch frei. O Gott. Warum hatte ich diesen Morgen meine Haare nicht gewaschen? Warum hatte ich mir vorhin in Erdkunde diese seltsamen Kuliranken über die Hände gemalt? Müffelte ich? Was, wenn ich schlecht roch? Wie konnte ich das jetzt noch schnell testen, ohne dass er es merkte? Gerade hatte ich mir die Hand in den Pulli geschoben, um mir in die Achselhöhle zu fassen und an meiner Hand zu riechen, als Aidan neben mir erschien.

»Hi«, flüsterte er grinsend. »Kann ich mich da hinsetzen?«

Ich hatte immer noch die Hand im Pulli. Wir wechselten unsere ersten Worte und ich hatte die Hand in meiner Achselhöhle! Ich brachte kein Wort raus. Meine Zunge versagte den Dienst. Ich versuchte, den Mund aufzumachen, um etwas Normales und Schlichtes und Angemessenes zu sagen wie »Klar.« Aber ich brachte nur einen kleinen Quietscher und ein Schulterzucken zustande.

Aidan glitt neben mir auf den Stuhl und begann, in seinem Rucksack nach seinem Buch zu wühlen. Ich warf ihm einen verstohlenen Blick zu, und o Gott, er war so unglaublich schön.

Er setzte sich aufrecht hin und sah mich an.

»Alles klar bei dir?«, fragte Aidan.

Ich nickte wieder. Meine Hand steckte immer noch in meiner Achselhöhle.

»Ich bin übrigens Aidan.«

Das weiß ich, DAS WEISS ICH, dachte ich. *Ich kenne deinen Nachnamen und dein Sternzeichen und wie gut es zu meinem Sternzeichen passt. Übrigens hervorragend, jetzt wo du fragst. Ich weiß, dass deine kleine Schwester in die Siebte geht. Ich weiß, dass du über die Winterferien beim Friseur warst. Ich weiß, dass du Linkshänder bist.*

»Ach, hi, bin Sophia.«

Es war ein Wunder, dass ich diese Worte rausbrachte.

»Cool. Freut mich, dich kennenzulernen«, flüsterte er mir lächelnd zu.

Es war geschehen. Es war *endlich* geschehen. Aidan Chambers wusste von meiner Existenz. Das nächste Level war erreicht.

»Ja, freut mich auch.«

Fünftes Kapitel

Mittlerweile sind wir bei unserer Übernachtungsparty endlich drauf und dran, so richtig mit der Magie loszulegen. Alexis hat fast die ganze Pizza verschlungen. Wir haben eine angemessene Menge Eyeliner aufgelegt und versprochen, einander nicht mehr zum Heulen zu bringen.

»Waren alle auf der Toilette?«, fragt Mia. »Ich will nicht, dass unser magischer Zirkel dadurch zerstört wird, dass eine von euch pinkeln muss.«

»Wir können nicht einfach aufs Klo gehen, wenn wir müssen?«, fragt Alexis.

Mia schüttelt den Kopf. »Nö.«

»Was ist denn das für ein Irrsinn?«

»Das ist MAGIE – wir müssen uns konzentrieren.«

Ich melde mich. »Ja, Sophia?«, fragt Mia, als wären wir hier tatsächlich im Klassenzimmer.

»Also, tja, eben hab ich noch nicht gemusst, aber jetzt, wo du's sagst ...«

Mia wirft den Kopf in den Nacken. »Herrgott noch mal, wenn ihr beide endlich so weit seid, ist der superblutige Wolfsmond längst vorbei!«

»Also dürfen wir jetzt pinkeln gehen?«, fragt Alexis.

»Wenn's sein muss.«

Alexis hat den Vortritt, und während ich vor dem Bad warte, checke ich mein Handy. Aidan Chambers hat sich nicht gemeldet. Nicht, seitdem ich das letzte Mal geschaut habe, also vor zehn Minuten, während die anderen gerade Mias Zutaten abhakten. Und fünf Minuten davor hatte er sich auch nicht gemeldet, als ich gerade die Pizzaränder vom Teppich aufsammelte. Tatsächlich hat sich Aidan trotz aller beharrlichen Stalkerei meinerseits seit zwei Wochen nicht mehr gemeldet.

Ich schließe die Augen und zwinge mich zur Konzentration.

Melde dich, melde dich, melde dich, befehle ich dem Universum. Ich stelle mir Aidan heute Abend auf Lucys Party vor. Ich weiß, dass er da ist, weil ich sein Profil heute mindestens zwölfmal gecheckt habe. Ich stelle mir vor, wie Aidan sich auf der Party plötzlich traurig fühlt, als vermisse er etwas, aber ein Weilchen braucht, um draufzukommen, was. Ich stelle mir vor, wie er mit seinen Freunden lacht, aber dann plötzlich ins Leere starrt, weil ihm klar wird, dass *ich* es bin, die ihm fehlt. Ich stelle mir vor, wie er aufsteht und seinen Freunden sagt, sie sollen kurz warten, und dann hinaus in den kalten Garten tritt. Ich stelle mir vor, wie er mir eine Nachricht schreibt – weil er mir sofort sagen muss, was für einen Fehler er doch gemacht hat.

Melde dich, melde dich, melde dich.

Die Spülung geht, die Tür geht auf. Alexis kommt heraus und hält sich den Bauch.

»Du darfst«, sagt sie, macht mir den Weg frei und stöhnt: »Wie konntest du zulassen, dass ich die ganze Pizza esse? An der verdaue ich bis an mein Lebensende.«

Ich lasse mein Handy während des Pinkelns auf dem Treppengeländer liegen, aber es kommen immer noch keine Nachrichten. Meine inneren Bilder waren absolut wirkungslos. Der Zauberspruch muss her. Der ist meine letzte Chance.

Sechstes Kapitel

Als ich in mein Zimmer zurückkehre, hat es sich in eine Art Jahrmarktsgeisterbahn verwandelt. Mia hat schwer geschuftet, während wir pinkeln waren. Überall brennen flackernde Kerzen und Mia sitzt in einem riesigen Kreis aus Teelichtern. Sie hat auf ihrem Handy den Kompass aufgerufen, damit wir Norden, Süden, Osten und Westen bestimmen können. Sämtliche Lichter sind ausgeknipst. Es ist dunkel und ziemlich gruselig und hexenmäßig.

»Alles bereit?«, fragt Mia, als ich vor Schreck in der

Tür stehen bleibe. Beim Anblick des Telefons in meiner Hand fügt sie hinzu: »Handys aus.«

»Aber deins ist noch an«, wende ich ein.

»Nur, weil wir wissen müssen, wo Norden ist. Es ist auf lautlos gestellt.«

Alexis streckt zwei leere Hände in die Höhe und zuckt resigniert mit den Schultern. »Ich hab meins auch wegpacken müssen.«

Ich tue so, als würde ich meins abschalten, weil ich nicht noch einen Streit lostreten will. Aber richtig ausmachen werde ich es auf keinen Fall, nicht, wo Aidan jederzeit anrufen und mir seine unsterbliche Liebe gestehen könnte.

»Danke«, sagt Mia. »Also, jetzt setzen wir uns und bilden den Kreis.«

Ich lasse mich neben ihnen im Schneidersitz nieder und strecke eine Sekunde lang gedankenverloren den Finger in eine Kerzenflamme.

Hoffentlich klappt das.

»Gut, jetzt müssen wir uns alle bei den Händen nehmen, damit der Kreis geschlossen ist«, weist uns Mia an.

»Warum müssen wir den Kreis schließen?«, fragt Alexis.

»Das macht die Magie stärker.«

»Okidoki«, sage ich und halte ihnen die Hände hin. Ich muss mir das Kichern verkneifen und Alexis geht es offensichtlich genauso.

»Igitt, Lexi, du hast noch total klebrige Pizzahände«, sage ich.

»Entschuldigung. Ich hab sie mir eigentlich im Bad gewaschen, aber dann hab ich noch ein Stück in der Küche gefunden. Moment.« Sie wischt sie an ihren Spitzenklamotten ab. »Besser?«

Ich rümpfe die Nase. »Minimal.«

Mia beäugt uns beide finster. »Habt ihr's jetzt bald?«

Wir nicken und fassen uns fester an den Händen, um unser Lachen zu zähmen.

»Gut, also, es gibt vier Elemente, wir sind nur zu dritt«, sagt Mia, »aber ich kann gern zwei Elemente übernehmen. Welches Element wollt ihr sein?«

»Äh, was ist doch gleich ein Element?«, fragt Alexis. Mia verdreht die Augen. Gott, die ist heute Abend aber richtig mies drauf.

»Erde, Feuer, Wasser und Luft.«

»Ach stimmt, cool«, sagt Alexis. »Kann ich Feuer sein?«

Mein Magen meldet sich mit einem kurzen Zucken, weil ich irgendwie auch Feuer sein wollte.

»Jupp, klar. Sophia? Welches Element möchtest du?«

Ich bin es nicht gewohnt, so was gefragt zu werden, und tue mich schwer, sie gegeneinander abzuwägen. Ich überlege, welches Element sich abgesehen von Feuer am meisten nach »mir« anfühlt. Erde wohl eher nicht. Ich mache mich nicht gerne schmutzig. Luft vielleicht? Ich mag es, wenn es draußen so richtig windig ist. Ich gehe immer raus, um im Wind zu stehen und mir tiefschürfende Gedanken zu machen.

»Luft«, sage ich.

»Gut, das heißt, ich bin Erde und Wasser. Die liegen ein bisschen im Widerstreit miteinander, aber das wird dem Zauber schon nicht allzu sehr schaden.« Mia langt in ihre Tasche und reicht uns zwei Gegenstände. Alexis bekommt ein Streichholz und ich eine richtig ekelhafte Feder, die aussieht, als sei sie einer sterbenden Taube ausgefallen.

»Danke, das wäre doch nicht nötig gewesen«, sage ich trocken.

»Das sind die Symbole für eure Elemente«, erklärt Mia und zieht sich einen Moosklumpen und eine kleine Flasche Evian heraus. »Okay, ich sag jetzt was auf und ihr müsst es mir nachsagen und dann euer Element vor euch legen, um den Zirkel zu bilden. Bereit?«

»Bereit«, rufen wir im Chor.

Mia schließt die Augen und Alexis und ich schauen einander fragend an, ob wir es ihr nachmachen sollen.

»Augen zu«, befiehlt Mia.

Wir folgen, brechen dabei aber in Kichern aus.

»Hört auf zu lachen!«, blafft Mia.

»Sorry«, lache ich.

Wir kichern, bis wir uns beruhigt haben, aber es braucht mehrere Minuten und eine weitere Standpauke von Mia.

»Warum nimmst du das nicht ernst? Sophia, das mit heute war *deine* Idee!«

»Ich weiß, ich weiß …« Ich muss schon wieder lachen. »Ich hab einfach nur einen Lachflash, sonst nichts.«

»Du musst es ernst nehmen. Für erfolgreiche Zauber ist es sehr wichtig, dass man dran glaubt.«

Der Gedanke, dass ich meinen Zauber in den Sand setzen könnte, lässt mich verstummen. Schließlich sitzen wir alle da, schließen wieder die Augen und fassen uns bei den Händen. Ich lasse mich in die Dunkelheit sinken. *Das könnte funktionieren*, sage ich mir. Dann wird Aidan wieder mir gehören und der ständige Herzschmerz hat ein Ende – die Qual und das Leid und die Sehnsucht und das Gefühl, dass mich niemals jemand wollen wird, werden verschwunden sein.

Mia beginnt zu sprechen, in einer richtig lauten Gruselstimme: »Ihr Geister aus Mutter Natur, ich rufe euch an!«, dröhnt sie. »Wir bitten euch, eure schützenden Hände über unseren Zirkel zu halten. Ihr Geister der Erde, ich rufe euch an!« Ein schweres Schweigen folgt, dann sagt Mia: »Sophia, du bist dran. Luft ist auf dem Kompass Osten.«

»Ah, klar«, sage ich, immer noch mit geschlossenen Augen. »Äh. Geister der Luft, fürwahr, ich rufe euch an!«

»Warum fürwahr?«, lacht Alexis sich schief. »Du klingst wie eine Hexe aus *Macbeth*!«

»Was weiß ich«, sage ich. »Hat sich passend angefühlt. Egal, ich rufe euch an«, beschränke ich mich. Ich taste nach der ekligen Totetaubenfeder und klatsche sie vor mich hin.

»Lex, jetzt du«, sagt Mia.

»Okay, cool. Geister des Feuers, ich rufe euch an.«

»Geister des Wassers, ich rufe euch an«, schließt Mia. »Mutter Natur, wir haben deine Elemente angerufen und wir bitten dich, uns zu leiten und unsere Absichten wahr zu machen. Und noch einmal bitten wir euch Geister, eure schützenden Hände über unseren Zirkel zu halten …«

Das ist der Moment, ab dem es nicht mehr komisch ist. Plötzlich spüre ich überall Gänsehaut auf mir prickeln, jedes Nackenhaar stellt sich einzeln auf. Alexis neben mir erstarrt ebenfalls, und ich spüre, dass es ihr genauso geht.

»Das war's«, sagt Mia. »Der Zirkel ist gebildet worden. Jetzt ist es an der Zeit für unsere Zaubersprüche.«

Und meine Gänsehaut wird noch gansiger, wenn das überhaupt möglich ist.

DER MAGISCHE ZIRKEL

Ihr braucht:

1 Stück Moos = Erde = Norden
1 Feder = Luft = Osten
1 Streichholz = Feuer = Süden
1 Gefäß mit Wasser = Westen

Jede von euch wählt als Erstes ein Element aus, jedes Element gehört zu einer Himmelsrichtung. Deshalb muss folgende Reihenfolge eingehalten werden:

Bildet einen Kreis und haltet euch an den Händen, danach leitet eine von euch den Zauberspruch ein und sagt laut:

Ihr Geister aus Mutter Natur, ich rufe euch an! Wir bitten euch, eure schützenden Hände über unseren Zirkel zu halten.

Nun legt jede von euch einzeln und nacheinander ihren Gegenstand vor sich und sagt:

Ihr Geister der Erde, ich rufe euch an!
Ihr Geister der Luft, ich rufe euch an!
Ihr Geister des Feuers, ich rufe euch an!
Ihr Geister des Wassers, ich rufe euch an!

Liegt der letzte Gegenstand auf dem Boden, ist der magische Schutzzirkel geschlossen.

Siebtes Kapitel

Wahnsinn, was für eine Gänsehaut man kriegen kann, selbst wenn vierundzwanzig heiße Bunsenbrenner um einen herum brennen.

»Macht's dir was aus, zwanzig Dingsda Wasserstoffperoxid in das Becherglas abzumessen?«, fragte Aidan eine Woche, nachdem er in meine Klasse gekommen war.

»Hahahahahahahahahahaahahahaahaneeeeein, natürlich nicht«, entgegnete ich. Keine Ahnung, was das hysterische Gelache sollte, aber ich produzierte es.

Aidan schien mein unkontrolliertes Gekicher zu gefallen. »Du bist süß«, stellte er einfach so fest, und ich habe keine Ahnung, wie ich es schaffte, das Wasserstoffperoxidglas nicht einfach fallen zu lassen.

»Danke. Du bist auch süß«, sagte ich automatisch.

Und *da* fiel mir das Becherglas aus der Hand. Es zersprang in tausend Stücke, lautstark, und die Flüssigkeit und die Splitter verteilten sich auf dem Boden. Die Klasse erstarrte, gaffte und lachte.

»Weg, geht weg!«, brüllte Miss Matthews. Mit ausgestreckten Armen kam sie herbeigeeilt, scheuchte mich und Aidan beiseite, während ich mich vor Scham wand und tausend Tode starb. »Hast du was auf die Haut gekriegt, Sophia?«, fragte mich Miss Matthews. »Oder auf die Kleider? Vielleicht hat es ein Loch in den Stoff gebrannt?«

Ich fuhr zurück und sah an mir herunter. »Ich … ich … ich glaub nicht.«

»Und du, Aidan?«, fragte unsere Lehrerin.

Ich warf ihm einen verlegenen Blick zu. Er versuchte, sich das Lachen zu verkneifen, biss sich in seine sexy Faust. Ich konnte nicht fassen, dass ich gesagt hatte, er sei auch süß. Wie hirnverbrannt konnte man sein? Es war mir einfach rausgerutscht. O Gott, ich wollte nur noch sterben! Ich wollte so dringend sterben, dass ich das ganze Wasserstoffperoxid getrunken hätte, hätte ich es nicht schon über den ganzen Boden verteilt.

»Wir müssen die Labortechnikerin rufen, damit sie

das richtig sauber macht.« Miss Matthews deutete auf uns. »Ihr beide, ihr rückt jetzt eure Stühle weg und wartet.« Dann drehte sie sich um und klatschte in die Hände, um die anderen zum Schweigen zu bringen. »Und ihr anderen macht mit euren Experimenten weiter … und zwar MUCKSMÄUSCHENSTILL, bitte.«

Beschämt zerrte ich meinen Hocker beiseite, mit brennenden Nasenlöchern. Aidan tat es mir nach. Miss Matthews benutzte das Klassenzimmertelefon, um jemanden herbeizurufen. Ich konnte nichts sagen. Ich konnte kaum atmen. Ich setzte mich und stützte den Kopf in die Hände, fluchte leise vor mich hin.

Aidan jedoch schien von dem ganzen Chaos völlig unberührt. Er schien sogar Spaß daran zu haben. Er lehnte sich zurück, streckte die Beine aus und ließ den Blick durch den Raum schweifen, in dem sich alle anderen wieder an die Arbeit machten.

»Du findest mich also süß, was?«, fragte Aidan und grinste schief und perfekt.

Viel Raum zum Rotwerden hatte ich nicht mehr, aber ich bekam es hin.

»Sorry, dass ich das Experiment versaut habe«, umschiffte ich seine Frage.

»So, wie ich das sehe«, fuhr Aidan fort, »kann das hier jetzt nur zu einem führen. Wenn zwei Leute sich gegenseitig toll finden, dann … tja … dann verabreden sie sich normalerweise, oder so.«

WAS PASSIERTE HIER GERADE?

Aidan Chambers schlug vor, dass wir uns verabredeten. AIDAN CHAMBERS HÖCHSTPERSÖNLICH. Das konnte nicht wahr sein! Lag das an dem Zauber mit der Seite aus meinem Chemiebuch? Aidan kannte mich noch nicht mal! Seit er mein Laborpartner geworden war, hatten wir nur zweimal miteinander gesprochen, weil ich ständig nervöse Aussetzer hatte – das erste Mal, als er sich vorgestellt hatte, und dann noch mal, als er sich meinen Spitzer geborgt hatte. Aber irgendwie hatte das das Wunder bewirkt. Er wusste jetzt, dass ich a) existierte und b) die Art von Mensch war, die einen Spitzer besitzt. Und ihm gefiel, dass ich existierte und dass ich einen Spitzer besaß, und er WOLLTE SICH MIT MIR VERABREDEN? Moment mal, ging er nicht mit Bella Morris? Ich dachte, die waren wieder zusammen? Ich hatte sie vor dem Schultor knutschen gesehen. Aber das konnte nicht sein. Ich konnte nicht glauben, dass das hier passierte. War ich Aidan auf dem Gang doch jedes Mal aufgefallen? Hatte er sich bisher einfach nicht getraut? Hatten sich all meine französischen Zöpfe und attraktiven Gehweisen ausgezahlt? Oder, o Gott, war das hier die Erfüllung meines Liebeszaubers? War ich tatsächlich eine Hexe? Heiliger Bimbam, das war eine Mordsverantwortung, die ich plötzlich hatte und erst mal bedenken sollte. Ich musste aufpassen, dass ich meine Fähigkeiten nur für das Gute einsetzte …

»Öhm …«, unterbrach Aidan Chambers meinen inneren Totalzusammenbruch. »Normalerweise gibt man eine Antwort auf Fragen dieser Art. Also laut, verstehst du?«

»Oh.« Ich hatte kein Wort gesagt. Ich schlotterte nur irgendwie herum und atmete äußerst angestrengt.

Die Tür ging auf und eine Labortechnikerin kam herein, gewappnet mit weißem Kittel, Handschuhen und Sicherheitsbrille.

»Wo ist was verschüttet worden?«, fragte die Technikerin.

Miss Matthews deutete auf uns und ich hob verschämt die Hand.

»Hier«, sagte ich. »Ich bin schuld. Es tut mir leid, wirklich.«

Die Technikerin zog sich achselzuckend die Handschuhe über. »Hey, das kommt vor. Aber bleibt, wo ihr seid.«

Sie beugte sich herab und machte sich daran, mein gewaltiges Missgeschick aufzuwischen. Die Luft stank nach Bleichmittel, die ganzen Chemikalien bissen in meinen Nasenlöchern. Ich kratzte mir die Nase und fragte mich, ob ich nicht einfach halluzinierte, wegen der Dämpfe.

»Du hast immer noch nichts gesagt«, ließ mich Aidan Chambers wissen. »So langsam wird mir das Ganze etwas peinlich.«

Ich blickte zu seinem perfekten Gesicht und seiner perfekten Hand, die er in seinem perfekten Haar vergraben hatte. Das war einfach zu abgedreht. Ich bezweifelte, dass ich je wieder einen normalen Herzschlag haben würde, aber Gott, war das herrlich.

»Vielleicht lässt sich das einrichten«, sagte ich schließlich und fragte mich dabei, wie ich Mia und Alexis diese Neuigkeiten beibringen sollte, damit sie mir auch tatsächlich glaubten. (»Ich fass es nicht, dass du mit deinem Gestalke auch noch Erfolg hattest«, sagte mir Mia später. »So was sollte nicht auch noch belohnt werden.«)

»Super!« Aidan grinste, ganz entspannt. »Wie wär's nach der Schule? Einen Milchshake trinken oder so?«

»*Heute?*«

So bald? SO BALD? Aber ich hatte doch gar nichts zum Umziehen dabei! Und ich musste mich mental drauf vorbereiten. Aber derart dramatische Entwicklungen waren nicht normal. Jedenfalls sonst nicht. Das musste der Zauberspruch sein, garantiert, garantiert!

»Ja, heute«, entgegnete Aidan. »Was spricht gegen heute? Du hast doch nichts vor, oder?«

»Nein«, sagte ich. Ich meine, selbst wenn ich schon eine Audienz bei Gott hätte, um die dringendsten Menschheitsfragen beantwortet zu bekommen, hätte ich die zugunsten eines Milchshakes mit Aidan Chambers abgesagt. »Ich hab nichts vor. Milchshake klingt gut.«

Wir tippten uns gegenseitig die Nummern ins Handy, während Miss Matthews gerade nicht hinschaute, als wäre das ganz normal. Und als ich später zu einem Notfallkrisentreffen mit den Mädchen in der Toilette des Sprachenflügels raste, schrieb er mir.

Aidan Chambers persönlich schrieb mir:

Nach der Schule am Tor? X

Wir kreischten vereint auf wie Schweine bei einem Quietschwettbewerb. Dann halfen mir Mia und Alexis mit meiner Frisur und meinem Make-up, und wir übten, wie man einen Milchshake sexy schlürft und wie man sich unterhält, ohne durchscheinen zu lassen, dass man schon alles über den anderen weiß.

»Du darfst ihn die Tiefe deiner Besessenheit nicht spüren lassen«, sagte Mia. »Das verschreckt ihn nur.«

»Aber Aidan sagt doch, das Einzige, was er fürchtet, ist die Furcht selbst«, sagte ich. »Wisst ihr nicht mehr? Das stand in diesem Interview, das er vor zwei Jahren der Schülerzeitung gegeben hat.«

»Siehst du?«, sagte Alexis. »Daran erinnert sich doch kein Mensch mehr außer dir. Du bist total verstörend.«

Aber die Konversationsübungen waren völlig überflüssig. In dem Moment, in dem ich Aidan Chambers am Schultor traf, hatte er mich schon an sich gedrückt und mich geküsst. Mit Zunge. Mein erster Kuss. Die volle Ladung. Keine Vorbereitung, kein Augenkontakt, kein romantisches Geplänkel über die Schönheit der Sterne, was auch in Ordnung ging, weil es ja erst halb vier war und noch kein Stern in Sicht.

Ich wusste nicht recht, wie ich den Kuss erwidern sollte. Aidans Zunge schien mir sehr groß und sehr bohrig und er schmeckte etwas zu intensiv nach Pfefferminzkaugummi. Außerdem war ich mir sicher, dass uns die ganze Schule dabei zusah. Aber wer kann schon von sich behaupten, den ersten Kuss vom beliebtesten, bestaussehenden Jungen der Schule bekommen zu haben? Nicht viele, wage ich zu behaupten. Also genoss ich es.

Ich spürte die Feuerwerksraketen und die Schmetterlinge und den aufreißenden Himmel – all den Kram, den man eben fühlen soll. Und ich dürfte mich an der Kussfront auch ganz wacker geschlagen haben, denn Aidan schob mir den ganzen restlichen Nachmittag über beharrlich weiter die Zunge in den Mund, wo es bald nach Erdbeermilchshake schmeckte. Reden taten wir eigentlich kaum. Wir machten eigentlich gar nichts anderes als Küssen. Aber das war genug.

Jedenfalls für mich.

Für ihn war es eindeutig nicht genug.

Ich war ihm nicht genug.

Also, zumindest nicht, bis ich wieder gezaubert habe.

Achtes Kapitel

»Ihr könnt jetzt die Augen aufmachen«, sagt Mia.

Ich zwinkere die glücklichen Erinnerungen an Aidan beiseite und mein dunkles Zimmer erscheint. Mia schaut so gruselig aus mit ihrer ganzen irren Schminke, dass ich fast an die Decke gehe. Wir grinsen einander nervös an – wir sind nicht mehr in Spiellaune. Ich habe immer noch die Gänsehaut vom Zirkelbilden, jeder Quadratzentimeter meiner Haut prickelt, als spüre ich die nahen Geister.

»Wer möchte den ersten Zauber sprechen?«, fragt Mia.

Alexis hebt die Hand. »Ich fang an«, sagt sie. »Ich hab meine Opfergabe mitgebracht und alles.«

»Opfergabe?«, frage ich.

Wir hatten ausgemacht, einander unsere Zaubersprüche erst heute Abend zu verraten – nicht, dass meiner nicht auf der Hand läge. Aber ich war derart damit ausgelastet, nach Liebeszaubern zu forschen, dass ich mir über die Zauberpläne meiner Freundinnen keine großen Gedanken gemacht hatte.

Ich höre das schrille Quietschen eines Gummiknochens und frage mich, wieso ich den von Alexis nicht schon längst erraten habe.

»Himmel, macht das Ding einen Krach!«, beschwert sich Mia, als Alexis das alte, zerkaute, stinkige Hundespielzeug in den magischen Zirkel legt.

»Das war sein Lieblingsspielzeug«, sagt Alexis mit gebrochener Stimme. »Ich war immer so genervt, wenn Casper darauf rumgekaut hat, und jetzt ... jetzt ... jetzt werd ich es nie mehr hören.« Sie blickt zur Decke und blinzelt die frischen Tränen weg. »Können wir ... können wir ihm helfen, sicher ins Jenseits zu gelangen? Nur falls er noch nicht im Hundeparadies ist?«

Mia langt nach Alexis Hand und drückt sie in einem völlig ungeahnten Anfall von Mitgefühl. »Na klar«, sagt Mia. »Hast du einen Zauberspruch?«

Alexis nickt. »Ich muss einfach einen Segen sprechen und eine Opfergabe darbieten. Das ist der Knochen.«

»Dann legen wir los«, sage ich.

Mit einem schweren Seufzer nimmt Alexis eine Streichholzschachtel und steckt ein Hölzchen an. Damit entzündet sie die große weiße Kerze in der Mitte der anderen Kerzen. Dann nehmen wir uns wieder bei den Händen, einfach, weil es uns richtig erscheint.

»Öh, hi, Mutter Natur und ihr Geister und so«, sagt Alexis in einer weit weniger selbstsicheren Stimme als Mia. »Also … tja … ich hoffe halt einfach, dass ihr meinem Hund, Casper, euren Segen schenken könnt und dafür sorgen, dass er in den Himmel kommt – oder was es im Hexenland eben gibt an Himmel oder so.«

Alexis schnieft. »Bitte segnet Casper, den tollsten Hund, den es jemals gegeben hat. Ich habe ihn vielleicht nicht genug zu würdigen gewusst, als ich es noch konnte …« Sie hickst und ich drücke ihre Hand fester. »Ich hätte ihm ein besseres Frauchen sein können, aber er war ein richtig cooler Hund, und mir war nicht klar, was ich an ihm habe, bis es zu spät war.« Alexis bricht in Tränen aus und lässt unsere Hände los, um nach dem Gummiknochen zu greifen und ihn quietschen zu lassen.

Mia scheint zu spüren, dass die Konzentration nachlässt, denn sie ruft in ihrer weisen Bestimmerinnenstimme: »Ihr Geister aus Mutter Natur, helft Casper bei der Reise ins Jenseits!« Und ich mache es ihr nach.

»Ihr Geister aus Mutter Natur, helft Casper bei der Reise ins Jenseits!«

Und mit tränenerstickter Stimme sagt Alexis es auch. »Geister, helft Casper auf seiner Reise ins Jenseits.«

Wir sitzen und warten auf irgendwas. Bis Alexis aufspringt und brüllt: »O Gott, der Vorhang hat sich bewegt!«

Wir verrenken die Köpfe in Richtung Fenster und bei mir prickelt es überall. Ich spüre einen Hauch, doch der Vorhang ist ruhig.

»Echt?«, frage ich.

»Ja, eben hat er geflattert!«

»Aber die Fenster sind zu«, stelle ich klar, obwohl es jetzt noch mehr kribbelt. »Vielleicht hat Casper Hallo gesagt?«

»Oder Adieu?«, schlägt Mia vor – ein grober Fehler, denn jetzt legt Alexis wieder los.

»Hör auf«, schluchzt Alexis. »Oh, ich vermiss ihn ja so sehr. Glaubt ihr, der Zauber hat geklappt?«

»Na klar hat der geklappt«, sage ich.

Alexis wischt sich unter den Augen. »Ich war mir nicht so sicher wegen heute Abend. Ich hab nie dran geglaubt, dass wir am Schnee schuld sind, und ich hab gedacht, das wär einfach nur, um dich aufzuheitern, Sophia. Aber, ich hab irgendwie wirklich was gespürt, als ich über Casper geredet habe. Mir haben sich sämtliche Haare aufgestellt.«

Mir wird ganz kalt, denn genau das habe ich auch gespürt. Vielleicht war das die Magie? Oder vielleicht muss ich einfach die Heizung aufdrehen? Wie soll man das auseinanderhalten?

»Ich hoffe nur, das war jetzt auch echt«, sagt Alexis

mit Blick aus dem Fenster. »Wär schrecklich, wenn der arme Casper jetzt im Hundelimbo festhängt.«

Sie beugt sich vor, pustet die große weiße Kerze aus und blickt dann mit trockeneren Augen auf. »Alles klar, wer ist jetzt dran?«, fragt sie.

Mia und ich blicken einander an. Ich bin noch nicht so weit. Ich habe Angst, es könnte nicht klappen, und auch, dass es zu sehr wehtun könnte. Alles hat ein bisschen zu sehr wehgetan, seit Aidan seinen Rückzieher gemacht hat.

Mia muss mein Zögern gespürt haben, denn sie nickt und sagt: »Dann bin jetzt ich an der Reihe. Obwohl ich schon ein bisschen Schiss habe.« Sie senkt den Kopf, ihr schwarzes Haar fällt ihr übers Gesicht.

»Hey, wir sind's doch nur«, sage ich. »Kein Grund zur Angst.« Ich strecke mich über die ganzen Kerzen im Kreis, womit ich mich beinahe selbst in Brand setze, und drücke Mias Knie. »Was willst du denn zaubern?«

Sie bleibt noch etwas in ihrem Haarversteck, bis sie schließlich zu uns aufblickt. »Einen Bannzauber«, sagt Mia. »Den macht man, damit jemand aufhört, Schaden anzurichten … und ich möchte einen Bann über mich selbst legen.« Entschlossen reckt sie das Kinn empor. »Ich muss mich selbst bannen.«

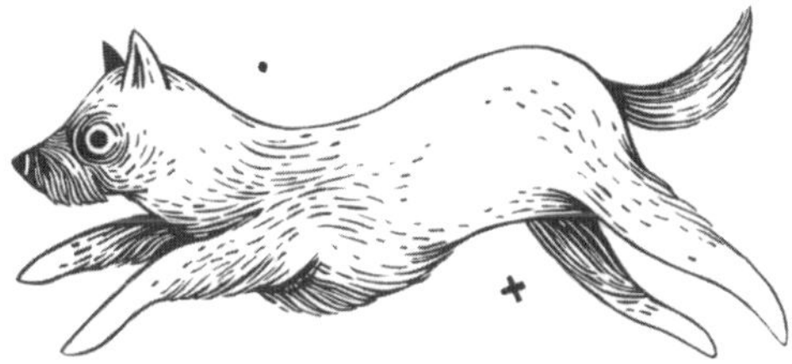

ZAUBER ZUM SICHEREN GELEIT INS JENSEITS

Ihr braucht:

1 Erinnerung an die/ den Verstorbenen
1 weiße Kerze

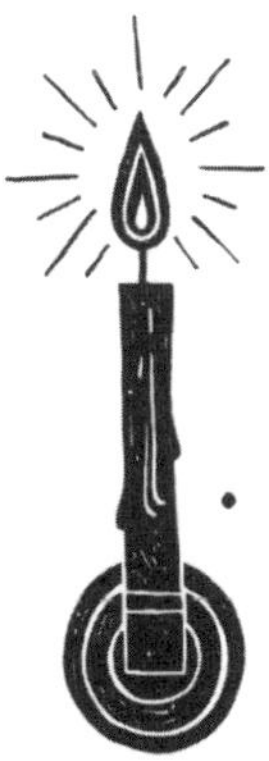

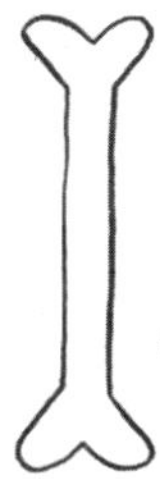

Zündet die weiße Kerze in der Mitte eures Zirkels an.

Danach kann die Trauernde von euch ein paar persönliche Worte an den verstorbenen Menschen oder das verstorbene Haustier richten. Am Ende der Rede muss die Opfergabe, ein Gegenstand, der an die oder den Verstorbenen erinnert, in der Mitte abgelegt werden.

Ruft abschließend einzeln oder alle zusammen:

Ihr Geister aus Mutter Natur, helft … bei der Reise ins Jenseits!

Neuntes Kapitel

Mia hat etwas Dunkles in sich getragen, solange ich sie kenne, also seit wir vier waren. Ich weiß noch, wie ich im Kindergarten war und Mia dazukam, ganz schüchtern und hinter ihrer Mutter versteckt. Sie schmollte mit ihrem Teddybären in einer Ecke, klammerte sich an das Kuscheltier, als hänge ihr Leben davon ab.

Ich war zutiefst fasziniert von dieser neuen Person, die so still war im Vergleich zu all den Krawallmachern im Kindergarten. Also schnappte ich mir noch einen zweiten Teddy, tapste zu ihr herüber und streckte ihn ihr hin.

»Möchtest du noch einen Bär?«, fragte ich.

Mia blickte hinter dem Teddyfell vor und beäugte meine Gabe. Ihre kleine Hand kam hervorgeschossen und griff nach dem Bären, und schon versteckte sie sich hinter beiden.

Ich ging meiner Wege, stolz, dass sie mein Geschenk angenommen hatte.

Am Tag darauf fiel Mia mir wieder auf. Sie saß ganz allein im Sandkasten, ohne die Bagger oder Eimer oder das ganze andere Zeug auszuprobieren. Mia saß einfach da und hatte die Hände in den Sand gesteckt, ganz starr. Ich kam mit einer zweiten Schaufel auf sie zu – meine zweite Gabe.

»Hallo«, sagte ich und hielt ihr mein Geschenk hin. »Willst du mit mir buddeln?« Aber Mia griff nicht zu.

Stattdessen blickte sie zu mir auf und fragte: »Glaubst du, der Sand ist traurig, wenn niemand mit ihm spielt?«

Ich weiß noch, wie mein Hirn brummte, weil mir noch nie so ein Gedanke gekommen war. Plötzlich hatte ich solch ein Mitleid mit dem Sand, der ganz allein im Kasten lag.

Das ist der Einfluss, den Mia auf einen hat.

Aber mir gefiel es. Mir gefiel es so sehr, dass ich meine Schaufel ablegte, mich neben sie setzte und selbst die Hände im Sand vergrub.

Und das ist das Sinnbild meiner Freundschaft mit Mia. Sie hat mir immer die Augen für das geöffnet, was mir sonst nie aufgefallen wäre. »Wenn du mit einem Spielzeug spielst, machst du dir dann Sorgen, dass die anderen Spielsachen sich vielleicht ausgeschlossen fühlen?«, fragte sie mich einmal. »Glaubst du, der Mond ist neidisch auf die Sonne, weil alle schlafen, wenn er scheint?« Ich besuchte sie in ihrem chaotischen Zuhause, wo ihre großen Geschwister überall herumliefen, und sie nahm mich mit in ihr winziges Zimmerchen. Dort zwang sie mich, Briefe an die Queen zu schreiben, in denen ich sie bat, bitte den armen Tigern zu helfen.

Immer ernst, immer ein bisschen traurig, aber immer echt und immer interessant. Das ist Mia. Vereint wurden wir ruhiger und schüchterner. Wir saßen in der Grundschule in der Ecke und lasen, ohne von irgendwem groß bemerkt zu werden. Ich glaube, wir freuten uns beide, als Alexis sich in der Siebten in unsere Freundschaft reinsprengte.

»O Gott« waren die ersten Worte, die von Alexis kamen. Es war unser erster Tag in der Mittelstufe und Mia und ich versuchten, das zu verarbeiten, indem wir uns draußen in eine Ecke setzten und lasen. »Mir ist gerade eine Spinne in die Haare gefallen!«, fuhr Alexis fort. »MEINE HAARE! Was ist das bitte für ein Saftladen hier, diese Schule? Ist sie weg?«

Sie drückte uns ihre lange Mähne in die erstaunten Gesichter.

»Also was jetzt?«, fragte Alexis. »IST SIE WEG?«

Wir orteten die Spinne, was nicht leicht war, weil Alexis die ganze Zeit rumkreischte und hüpfte und mit den Händen fuchtelte. Dann legten wir uns alle rücklings auf den Boden und lachten und schnauften schwer – und es war, als hätte Alexis schon immer zu uns gehört.

»Ich bin Alexis«, sagte sie. »Woher kennt ihr euch? Ihr wirkt wie Schwestern oder so.«

»Hi. Ich bin Sophia. Das ist Mia. Wir waren zusammen in der Grundschule.«

»Wow, und da wollt ihr tatsächlich noch was miteinander zu tun haben?«, fragte Alexis. »Ihr müsst nett sein. Ich versteck mich schon den ganzen Tag vor den Leuten, die ich noch aus der Grundschule kenne.«

Und so kam es. Wir drei. Eine traurig, eine dramatisch, eine normal.

Das bin ich: langweilig und normal. Zu langweilig, um das Herz von jemandem zu gewinnen, der so interessant ist wie Aidan Chambers. Oder auch nur das Herz von jemandem, der mich eigentlich bedingungslos lieben sollte, wie Dad. Und im Laufe unserer Schulzeit sind unsere Schubladen noch eindeutiger geworden. Alexis wird immer dramatischer. Sie muss ständig wegen Dauerquasselns nachsitzen und sie liegt permanent im Krieg mit irgendwem aus den anderen Freundeskreisen, mit denen sie noch zu tun hat.

Alexis versucht auch manchmal, bei uns zu zündeln, aber ich wahre den Frieden. Ich bin noch langweiliger geworden, vermute ich. Seit Dad fort ist, frage ich mich, ob es meine Schuld war, dass er uns verlassen hat. Deshalb bin ich noch stiller geworden, um nur ja niemanden mehr zu verschrecken.

Mias Traurigkeit hat sich von schrägem Trübsinn zu schwerstem Trübsinn gesteigert. Und dann ist sie letztes Jahr mit diesem Langarmshirt angekommen, obwohl es ein knallheißer Maitag war. Ich habe sie sanft damit aufgezogen, und da hat sie total dichtgemacht und mir gesagt, ich solle den Mund halten. Vor ein paar Monaten war ich völlig fertig, als sie in der Kunststunde gedankenverloren die Ärmel hochkrempelte und ein blutiges Karoritzmuster auf ihren Oberarmen freilegte. Es war, als hätte jemand mit einem Zirkel mehrere Partien *Drei gewinnt* auf ihrer Haut gespielt. Mir sank das Herz in die Knie und mein Hals schnürte sich zu, als mir aufging, dass sie es selbst getan haben musste.

»Was sollen wir machen?«, fragte mich Alexis an jenem Tag, als ich ihr in der Toilette des Sprachenflügels zuflüsterte, was ich gesehen hatte. »Sie ist so niedergeschlagen! Wir müssen ihr helfen!«

»Aber sie war schon immer traurig«, entgegnete ich.

»Ja, aber nie selbstverletzungstraurig.«

»Keine Ahnung.« Ich schüttelte den Kopf. »Vielleicht war das eine Ausnahme. Ich weiß nicht, warum sie das macht. Ich weiß nur, dass ich Mia kenne, und wenn wir versuchen, mit ihr drüber zu sprechen, wird sie erst recht dichtmachen.«

Das würde sie tatsächlich. Sie würde uns aus dem Weg gehen oder Ausreden erfinden, um uns abzulenken. Ich hielt es für besser, ihr Vertrauen zu wahren und bereit zu sein, wenn *sie* bereit war, sich uns anzuvertrauen.

So geht das jetzt also schon ein paar Monate, und wir taten alle irgendwie so, als wäre nichts. Mia trug eben lange Ärmel – ganz normal, nichts Besonderes. Aber jetzt, hier in diesem magischen Zirkel, macht Mia endlich den Mund auf.

Zehntes Kapitel

»Ich hab ja versucht, damit aufzuhören«, erzählt uns Mia, und das Kerzenlicht flackert in ihren feuchten Augen. »Ich war auf Beratungswebsites und die hatten so Tipps wie Eiswürfel in die Hand nehmen und mir ein Gummiband gegen das Handgelenk schnalzen lassen. Aber das hilft null. Ich mach einfach weiter … Ich weiß, dass ihr wisst, dass ich es immer wieder mache.«

Alexis und ich sind wie erstarrt. Wir wollen sie nicht unterbrechen, jetzt, wo sie endlich darüber spricht. Als wäre mein Zimmer plötzlich mit Landminen gepflastert. Wenn ich mich rühre oder auch nur spreche, trete ich plötzlich eine los und mache alles kaputt.

»Also hab ich gedacht, vielleicht hilft das hier«, fährt Mia fort. »Klingt das verrückt?«

Alexis und ich sehen uns an.

»Das klingt kein bisschen verrückt«, bringe ich heraus. »Du weißt, dass wir immer für dich da sind, oder?«

Mia putzt sich die Nase und lächelt uns sachte an. »Ich weiß. Ihr habt das echt toll gemacht, dass ihr da nicht ständig nachgebohrt habt. Danke, dass ihr nicht geschimpft habt oder so.«

Alexis beißt sich auf die Unterlippe. »Aber bist du sicher, dass du nur diesen Zauber machen willst, damit es aufhört? Solltest du nicht vielleicht mit deinen Eltern sprechen oder mit einem Arzt oder so?«

Mia schüttelt entschieden den Kopf. »Nein, auf keinen Fall! Ich will nicht, dass jemand davon weiß. Ich krieg das allein in den Griff.«

Mir dreht sich der Magen um, als wolle er sich auswringen. Das zwischen uns dreien auszumachen, dem fühle ich mich nicht gewachsen. Sorge sickert mir ins Blut. Es ist etwas anderes, nur zu vermuten, dass eine Freundin sich das antut, als es bestätigt zu bekommen.

»Leute, ihr schaut mich so seltsam an …«, sagt Mia. »Hört auf, mich seltsam anzuschauen. Genau deshalb wollte ich es euch nicht erzählen.«

»Entschuldigung«, sage ich. »Ich will nur, dass es dir gut geht.«

»Alles bestens.«

Wohl kaum, denke ich. Aber ich sage es nicht. »Gut, wenn du dir sicher bist … Wie macht man einen Bannzauber?«

Mia wirkt erleichtert, dass wir sie nicht in die Mangel nehmen, und wird heiterer. Sie kramt in ihrer Tasche und sagt: »Ich hab alle Zutaten hier.«

»Hast du da gerade ›Zutaten‹ gesagt?«, fragt Alexis.

Mia erstarrt, eine schwarze Kerze in der Hand. »O Gott. Tatsächlich.«

Wir alle drei kichern wie die Hexen, was wir wohl auch sind – zumindest heute Abend. Mia lachen zu hören ist beruhigend wie ein Hustenbonbon für den kratzigen Hals.

»Ihr seid solche Pfeifen«, sagt Mia. Sie legt ein aus einem Block gerissenes Blatt vor sich, zusammen mit einem Stift und einem schwarzen Wollknäuel. »Wie soll ich meinem Ruf als gequälte Seele treu bleiben, wenn ihr zwei mich ständig zum Lachen bringt?«

»Du liebst uns und du weißt es«, sagt Alexis.

Mia lächelt mit herunterhängenden Mundwinkeln und wickelt sich das Garn um den Finger. »Kann schon sein.«

Bei ihrem Lächeln löst sich der Knoten in meinem Magen, und plötzlich habe ich das Gefühl, mit allem besser umgehen zu können. Genau *das* liebe ich an unserer Freundschaft – diese Fähigkeit, alles miteinander zu teilen. So wird auch der schwerste Brocken so leicht, dass man ihn schultern kann.

»Können wir jetzt wieder in den richtigen Hexenmodus schalten?«, fragt Mia. »Ich möchte diesen Bannspruch ernst nehmen.«

»Klar, klar«, sage ich.

Alexis und ich richten uns auf und verstummen, während Mia ein Streichholz entzündet und sich vorbeugt, um die schwarze Kerze anzustecken. Ihr Ärmel rutscht hoch und da sind sie. Frische Narben auf ihrem Unterarm – neu und wund. O Gott, ich hoffe so, dass dieser Zauber funktioniert! Mir wird ganz übel beim Anblick ihres Arms. Dass sie sich das freiwillig antut … das ist unbegreiflich.

»Ich muss einfach nur den Namen der Person, die ich bannen möchte, auf diesen Zettel schreiben«, sagt sie, und schreibt »Mia Castleton« in ihrer schwungvollen Schrift. Ich bin immer neidisch auf ihre Schrift gewesen. Als sie fertig ist, faltet sie den Zettel zusammen und umwickelt ihn mit dem schwarzen Faden.

»Ich banne dich, Mia Castleton«, sagt sie. »Ich hülle dich ein in positive Energie, damit du dir und den Menschen um dich herum keinen Schaden mehr zufügen kannst. Ich banne dich, Mia Castleton.«

Dann hält Mia den umwickelten Zettel über die schwarze Kerze und zündet ihn an.

»Ich banne dich, Mia Castleton, ich banne dich, ich banne dich«, singt sie.

Ich weiß nicht recht, ob ich einstimmen soll oder nicht. Um ehrlich zu sein, möchte ich meine beste

Freundin nicht wirklich bannen. Ich möchte, dass sie aufhört, sich selbst zu verletzen, aber das hier fühlt sich eine Spur zu heftig an. Und deutlich weniger hilfreich als ein Gespräch mit der Schulpsychologin.

Ich bleibe stumm, während das Papier in Flammen aufgeht und scharfer Rauch in meine Nase steigt. Hoffentlich springt der Rauchmelder nicht an.

»Öh, Mia?«, fragt Alexis ruhig, als die Flamme immer größer wird. »Wie hattest du vor, das zu löschen?«

»Oh nein! Total vergessen!«, entgegnet Mia.

Die Flammen lecken schon fast an ihrer Hand, da schnappe ich mir meinen Becher mit Orangenpunsch. »Da reintunken!«, sage ich.

»Ich kann doch mein gebanntes Ich nicht in Orangenpunsch ertränken!«, jammert Mia. »Autsch, egal.«

Mit lautem Zischen lässt sie es in meinen Becher sinken. Die graue Brühe darin sieht jetzt aus wie das unmagischste und ekelhafteste Gebräu der Welt.

»Tja, das war's dann mit der Atmosphäre«, kommentiert Alexis. »Man braucht nur Kinderpunsch, um auch den letzten Hauch Hexenstimmung zu killen.«

Ich bin fest davon überzeugt, dass Mia jetzt losheult. Ihr Gesicht ist bleich und verkrampft, doch sie tut es nicht. Stattdessen lacht sie auf und sagt: »Tja, den Versuch war's wert, oder? Vielleicht ist der Punsch sogar die geheime Wunderzutat.«

»Das Wort ›Zutat‹ ist inzwischen von allen Seiten anerkannt«, sagt Alexis.

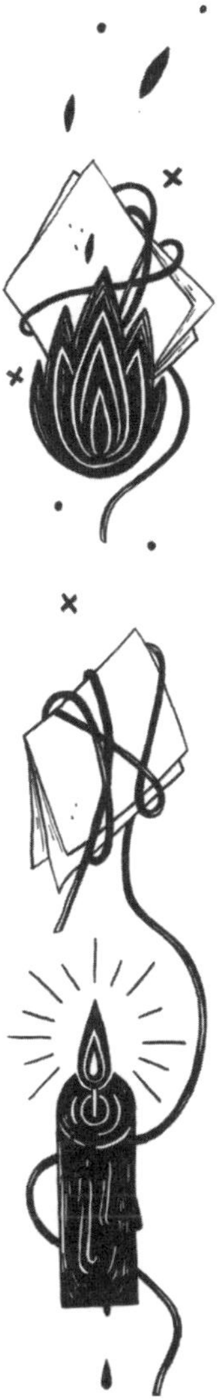

BANNZAUBER GEGEN NEGATiVE ENERGiEN

Ihr braucht:

1 schwarze Kerze
1 Stift
1 Stück Papier
schwarzes Garn

Der Name der Person, die gebannt werden soll, muss auf das Papier geschrieben werden. Danach wird es fest mit schwarzem Faden umwickelt. Schließlich spricht eine von euch folgende Worte:

Ich banne dich, … . Ich hülle dich ein in positive Energie, damit du dir und den Menschen um dich herum keinen Schaden mehr zufügen kannst. Ich banne dich, … .

Zum Schluss wird das Papier in der Flamme der Kerze verbrannt – und die Gefahr ist gebannt.

Darüber müssen wir schrecklich lachen, und ich glaube, wir sind alle erleichtert, dass der Bannzauber vorbei ist. Alexis wendet sich zu mir.

»Nun denn, Frau Herzschmerz«, sagt sie. »Du bist an der Reihe. Ach, was bin ich doch gespannt, was für ein Zauber das wohl sein könnte …«

Elftes Kapitel

»Wie heißt du mit Nachnamen?«, fragte mich Aidan Chambers nach unserem dritten Tag des Küssens am Schultor mit anschließendem McDonald's-Besuch.

Seine Frage traf mich mehr, als sie eigentlich hätte tun sollen. »Du weißt meinen Nachnamen nicht?«, fragte ich und beugte mich zu meinem Strohhalm, damit Aidan mein langes Gesicht nicht sehen konnte.

»Nö«, sagte er. »Wieso? Kennst du meinen?«

Na klar kenn ich den, dachte ich. *Du bist Aidan Chambers. Ich hab schon geübt, wie sich mein Vorname zusammen mit deinem Nachnamen anhört, falls wir mal heiraten sollten. Du musst zugeben, dass sich Sophia Chambers ziemlich gut anhört, oder?*

»Vielleicht weiß ich ihn einfach noch von dem Programm der Theater-AG damals«, sage ich.

»Ich bin gerührt. Du hast dir das Stück angeschaut?«

Zweimal. Ich bin zwei Abende hintereinander hingegangen.

»Öh, ja. Glaub schon. Vielleicht *Carousel*? Hast du da mitgespielt?«

Aidan beantwortete mir die Frage mit einem Kuss.

Ich war begeistert, dass er mich immer wieder küsste, weil ich es einfach so richtig genoss, von Aidan Chambers geküsst zu werden. Jeden Moment, den ich ihn nicht küsste, dachte ich daran, ihn zu küssen. Ich ging spät nach Hause, nach stundenlangem Knutschen über Erdbeermilchshakes, legte mich ins Bett und dachte darüber nach, wie toll es sich anfühlte. Ich konnte es nicht fassen, dass ich so nah an ihn herangekommen war. An ihn. Aidan Chambers. Endlich konnte ich ihn all die Dinge fragen, über die ich mir drei Jahre lang den Kopf zerbrochen hatte.

»Was ist dein allerliebster Song?«

»Glaubst du an Gott?«

»Wie ist deine Familie?«

»Was ist dein Lieblingsessen?«

Ich fragte ihn zwischen Küssen und Milchshakeschlucken, und Aidan schien es zu gefallen, all diese Fragen zu beantworten. Aber er selber stellte nie eine.

»Wer glaubt schon noch an Gott?«, entgegnete er. »Ich finde meine Eltern so richtig grauenhaft, tut das nicht jeder? Burger.«

Irgendwie wurmte es mich, dass Aidan über meine Mundhöhle hinaus keine Neugier an mir zeigte, aber vermutlich hatte ich ohnehin nichts Interessantes mitzuteilen.

Die Chemiestunden wurden bei Weitem spannender, als sie es sein sollten. Während Miss Matthews über Magnesium laberte, fuhr Aidan unter dem Tisch mit der Hand über mein Bein, immer rauf und runter. Weiter als bis zum Rocksaum ging er nie, aber trotzdem verbrachte ich jede Stunde mit einem Gesicht von der Farbe einer Himbeere, die gerade eine allergische Reaktion auf eine andere Himbeere hatte. Und außerhalb des Chemiesaals lagen alle Augen auf uns. Die der ganzen Schule. Ich wurde von einem völligen Niemand zu einer echten Berühmtheit. In den Pausen *redeten* die Leute mit mir. Einige Mädchen fingen an, sich französische Zöpfe zu flechten. Alle beobachteten mich, Mia und Alexis in der Cafeteria, wo wir an unserem üblichen Platz saßen und einen Teller Kartoffelsmileys teilten.

»Mir passt das nicht«, sagte Mia und schob sich einen davon in den Mund. »Alle glotzen. Mir kommt's vor, als müsste ich mich jetzt für die Schule schminken.«

»Du trägst doch eh jeden Tag tonnenweise Eyeliner in der Schule«, betonte ich und biss meinem Smiley die Augen ab, sodass er nur noch ein Lächeln war. Das stimmte. Mia musste ständig nachsitzen wegen ihres Make-ups.

»Ja, aber jetzt hab ich das Gefühl, ich müsste auch die Pickel abdecken.«

Alexis richtete sich auf und bauschte ihr Haar. »Ich find es eigentlich ganz gut, wenn jeder schaut.«

»Na, was für eine Überraschung ...«, sagte Mia.

»Komisch«, sagte Alexis. »Ich fühl mich indirekt mit berühmt. Im Unterricht wollen mich alle ausquetschen über dich.«

»Was?«, fragte ich.

»Jupp. Und dann muss ich ihnen leider sagen, was für eine blöde Zicke du doch bist ... Scherz!«

Ich spähte hinüber zur Quelle aller Unruhe. Aidan Chambers. Den Jungen, in den ich mich mit ziemlicher Sicherheit gerade verliebte. Da saß er mit seinen üblichen Kumpels, trank eine Flasche Cola Zero und lachte sich einen ab über den Witz, den Paul Clarrin ihm gerade erzählt hatte. Mein Bauch schmolz dahin. Ich fasste mir an die Lippen, blieb aber, wo ich war. Wir hatten nie darüber geredet, aber abseits des Schultorknutschens und des Händchenhaltens unter dem Chemietisch existierte unsere Beziehung in der Schule nicht.

Ich machte mir vor, mich nicht daran zu stören, aber insgeheim quälte mich der Gedanke, ob Aidan sich für mich schämte oder so was. Und dann rief ich mir in Erinnerung, dass er mich in dem Fall ja wohl kaum am Schultor küssen würde.

»Keine Ahnung, was an mir jetzt so interessant sein soll«, sagte ich, einen auf cool machend.

»Soll das ein Witz sein?«, entgegnete Mia und zerrte sich die Ärmel weiter runter. »Immer, wenn Aidan eine Neue hatte, warst *du* doch völlig besessen von der. Du hast mich nach ihren bescheuerten Sternzeichen gefragt und so weiter.«

»Was? Das war nur dieses eine Mal«, beschwere ich mich. »Und dass Gemma Teagan Steinbock ist, hab ich SCHON GEWUSST.«

»Ach ja? Und was war, als du uns gezwungen hast, Jessica Hadley zu stalken, nur damit wir rauskriegen, ob sie wirklich Veganerin ist?«, erinnert mich Alexis.

»Wir waren REIN ZUFÄLLIG ohnehin am selben Tag in der Stadt. Und wir sind REIN ZUFÄLLIG zur selben Zeit wie sie in den McDonald's gegangen. Und ich hab GEWUSST, dass sie nur so tut, als wär sie Veganerin. Aidan verdient jemanden, der absolut aufrichtig ist.«

Mir gefiel das gar nicht, wie Mia und Alexis all die anderen Mädchen der Vergangenheit heraufbeschworen. Ich tat mein Möglichstes, die Tatsache auszublenden, dass, tja, Aidan einen Verschleiß von mehreren Mädchen pro Monat hatte. Er mochte der Allererste sein, den ich geküsst hatte, aber ich keineswegs seine Erste. Sein Liebesleben hatte etwas von einer Karussellfahrt, aber ich war mir sicher, mit mir im Sitz würde das Karussell haltmachen. Aidan und mich, uns verband etwas. Ich meine, schließlich hatte er erst gestern meine Hand gedrückt und gesagt: »Du stellst vielleicht schräge Fragen«, als ich wissen wollte, welche Partei er später mal wählen würde. Wetten, dass bei seinen Exfreundinnen Politik kein Thema gewesen war. Und dann war da noch mein Bunsenbrenner-Zauber, der uns zusammenhielt.

Der Gedanke an diesen Zauber ließ mich niemals los.

Warum sollte er mit mir zusammen sein, wenn nicht deswegen? Ich war langweilig, ich war beige. Ich war die Art von Mädchen, das man auf dem Gang drei Jahre lang übersehen konnte. Ich war hin- und hergerissen. Einerseits war ich vollauf überzeugt, dass dies der Beginn einer ganz großen Liebesgeschichte war, andererseits war ich, was Aidans Interesse an mir anging, von schweren Zweifeln erfüllt.

»Ich mach mir nur ein bisschen Sorgen, mehr nicht«, sagte Mia und schluckte einen weiteren Kartoffelsmiley hinunter. »Das ist wie im Zirkus hier. Ich will nicht, dass dir wehgetan wird.«

Ich verschränkte die Arme vor der Brust. »Kann mich gar nicht erinnern, dich um Rat gefragt zu haben.«

»Ach, komm schon. Sei doch nicht so.«

»Sei doch nicht *wie*?«, verlangte ich zu wissen.

»So, als wollte ich dir was Böses«, sagte Mia. »Schau, ich freu mich ja für dich. Ich weiß, dass du schon seit Ewigkeiten hinter Aidan herschmachtest. Aber er kommt ja noch nicht mal rüber, um Hallo zu sagen. Er hat sich nicht mal die Mühe gemacht, sich Lexi und mir vorzustellen. Deinen besten Freundinnen. Kommt dir das nicht bisschen seltsam vor?«

»Mir kommt es seltsam vor, dass du meine Freundin sein sollst und dich kein Stück für mich freust.«

Alexis' Kopf ruckte von einer Seite zur anderen, während sie mit offenem Mund unseren Streit verfolgte. Ich glaube kaum, dass sie mich je zornig erlebt hatte.

»Ich kann mich für dich freuen und mir gleichzeitig Sorgen um dich machen«, sagte Mia.

»Oder vielleicht einfach nur eifersüchtig auf mich sein«, entgegnete ich.

Jetzt war Mia dran mit dem offenen Mund. »Das soll ein Witz sein, oder? Eifersüchtig?«

»Ja. Eifersüchtig ...« Mir fiel nichts ein, womit ich das hätte untermauern können, also blieb mir nur eine Möglichkeit: ein stolzer Abgang. Aber wohin? Da kam mir die Idee – vielleicht konnte ich zwei Fliegen mit einer Klappe schlagen. Also trugen mich meine Beine quer durch die Cafeteria hinüber zu Aidan Chambers' lebhaftem Tisch voller beliebter Leute. Während ich ging, teilte sich alles vor mir, wie in Erwartung der sich anbahnenden Tragödie.

Alles okay, versicherte ich mir. *Aidan mag dich. Das hat er in etwa vor zwei Tagen gesagt, als seine Zunge in deinem Mund gesteckt hat. Es hat eher wie »IF MAF ICH« geklungen, weil seine Zunge so beschäftigt gewesen war, aber der Gedanke zählt. Alles okay, völlig okay, was du da machst, ist völlig okay, und ...*

Ich stand vor seinem Tisch.

Aidan war gerade am Lachen gewesen, als er mich wahrnahm und sich umdrehte, mit leicht schockiertem Gesicht.

Alles okay, alles okay, alles okay.

»Oh, hey«, sagt er nur.

»Hey.« Ich verschränkte die Arme vor der Brust und fühlte mich äußerst seltsam.

»Alles klar bei dir?«, fragte er.

»Ja, und selbst?«, entgegnete ich.

»Alles super.«

Aidan wirkte weder super noch klang er danach. Er wirkte unsicher und einen Hauch genervt. Weder legte er den Arm um mich noch küsste er mich, und er bat mich auch nicht, mich zu setzen. Er sah mich einfach nur schräg an, als hätte ich mich gerade unbefugt in sein Leben gedrängelt. Ich musste vor ihm rumstehen, vor den Augen all seiner Freunde, und vor den Augen meiner Freundinnen, denen ich etwas hatte beweisen wollen – und letztlich vor den Augen der gesamten Schule.

Ich hatte einen Riesenfehler gemacht.

Unsere Liebe existierte nur jenseits des Schultors, nicht innerhalb.

Noch nie im ganzen Leben war mir etwas so peinlich gewesen.

Eine Welle der Übelkeit überrollte mich. Meine Hände zitterten unter meinen Pulliärmeln. Ich musste es überspielen, während ich in meinem Inneren tausend Tode starb und mein Herz an sämtlichen Nähten auseinanderfiel. Mir blieb keine andere Wahl, als so zu tun, als sei das hier nicht einfach nur fürchterlich, schrecklich, entsetzlich schrecklich.

»Ähm, verzeih die Störung«, sagte ich zu Aidan, mit locker flockiger Stimme. »Ich wollte dir nur sagen, dass ich heute nach der Schule schon was vorhab. Hab ich vergessen, dir zu sagen.«

Nicht übel, dachte ich. Ich meine, natürlich hatte ich nach der Schule noch nichts vor. Ich hatte buchstäblich alles andere Nachschulische auf Eis gelegt, seit Aidan sich mit mir hatte verabreden wollen. Aber was anderes ist mir nicht eingefallen, um aus dieser Situation rauszukommen, ohne komplett meinen Stolz zu verlieren.

»Ach«, sagte Aidan. »Macht nix.« Es schien ihm tatsächlich rein gar nichts auszumachen, um ehrlich zu sein. Während mir jetzt aufging, dass ich unsere Verabredung VÖLLIG GRUNDLOS abgeblasen hatte und am Boden zerstört war.

»Macht nix«, wiederholte ich. Wie ein blöder Papagei. »Ich … ich muss jetzt in die Klasse, sonst komm ich zu spät.«

Noch eine Lüge. Die Mittagspause ging noch zwanzig Minuten. Das wussten alle.

»Okay, cool, tschau«, sagte Aidan. »Man sieht sich in Chemie.«

Ich stand da und blinzelte. Wartete darauf, dass er

mich küsste. Noch nicht mal auf einen richtigen Kuss, aber wenigstens einen kleinen – einen, der mir versicherte, dass ich nicht jeden einzelnen Nachmittag der letzten zwei Wochen geträumt hatte. Aber Aidan winkte nur kurz, als wäre ich eine abreisende Oma, die übers Wochenende zu Besuch gewesen war. Dann wendete er sich wieder seinen Kumpels zu, als sei nichts gewesen. Während ich aus der Cafeteria flüchtete und dann in den Sprachflügeltoiletten in Tränen ausbrach.

»Kommt mir jetzt nicht damit, dass ihr's ja gewusst habt!«, brüllschluchzte ich, als Mia und Alexis mich fanden.

»Bist du okay?«, rief Mia hinunter, den Kopf über den oberen Kabinenrand gesenkt. »Lass uns rein!«

»Hallo? Ich könnte hier gerade am Kacken sein!«, rief ich. »Ihr könnt doch nicht einfach rumlaufen und von oben in die Kabinen reingucken!«

»Wir haben tatsächlich eben ein Mädchen beim Kacken gesehen, als wir im Kunstflügel nachgeschaut haben«, sagte Alexis, deren Kopf neben Mias aufgetaucht war. »Arme kleine Siebtklässlerin. Ich glaube, die hat einen Schaden fürs Leben.«

Ich konnte noch nicht mal lachen. Ich weinte nur noch mehr und rappelte mich auf, um Mia und Alexis in meine Kabine zu lassen. Wir stopften uns alle zusammen rein und sie umarmten mich und sagten: »Schon gut, wird ja wieder alles gut.«

»Das ist so was von peinlich«, sagte ich.

»Ach komm, keiner hat was mitgekriegt«, sagte Mia.

»Abgesehen von der ganzen Cafeteria«, verbesserte Alexis.

»Ich begreif das nicht …« Ich setzte mich auf den zugeklappten Klodeckel und verbarg das Gesicht in den Händen. »Ich meine, Aidan und ich sind doch zusammen, oder? Warum ist das, was ich da eben gemacht habe, dann so seltsam? Warum hat er sich so seltsam aufgeführt? Ich kapier gar nichts mehr!«

»Du bist nicht die Einzige, die nichts kapiert«, sagte Mia. »Bloß dass ich nicht kapiere, wie du auf so einen Arsch stehen kannst, der vor anderen tut, als würde er dich nicht kennen!«

»Tut er doch«, wandte ich ein. »Beim Schultor!«

»Und jetzt eben?«

»Ich hab keine Ahnung, was da eben passiert ist. Ich hätte … hätte … nicht einfach unsere Beziehungsregeln missachten sollen.«

Als ich das sagte, kauerten Alexis und Mia sich beide vor mich, damit wir auf Augenhöhe waren, und sahen mich mit ernsten Gesichtern an.

»Schatz«, sagte Alexis. »Es tut mir leid, dir das sagen zu müssen, aber ich glaube kaum, dass ihr eine Beziehung habt.«

Ich wollte ihnen natürlich nicht glauben. Ich sagte ihnen: Danke, aber da irrt ihr euch. Danke, aber das war ein Missverständnis. Danke, aber ich bin mir sicher, dass Aidan und ich das miteinander klären werden. Danke, und ich werde euch rechtzeitig zu unserer Hochzeit verzeihen, keine Angst.

Den restlichen Nachmittag verbrachte ich mit geducktem Kopf. Ich erledigte meine sämtlichen Aufgaben in den Stunden. Ich verbarg mich hinter meinem Haar vor der Welt. Ich ließ mich von den Mädchen überreden, hinterher mit in die Stadt zu gehen, damit ich was anderes zu tun hatte, als gedemütigt zu Hause zu sitzen. Dann wollten wir zu Alexis gehen und Gesichtsmasken auflegen, weil sie gehört hatte, dass die Sheet-Masken in der Drogerie bei ihr um die Ecke gerade im Angebot waren. Mir ging es einen Hauch besser, als Mia, Alexis und ich die Arme ineinanderflochten, um die Schule zu verlassen und über die Innenstadt nach Hause zu gehen. Aidan Chambers konnte ich auch morgen noch am Schultor küssen. Morgen würde ich alles wieder ins Lot bringen. Ich hatte ihn einfach überrumpelt, mehr nicht. Er war nur etwas verstört gewesen von der Macht seiner Gefühle.

Es war kalt, und alle hatten Atemwölkchen vor ihren Mündern, die in den eisigen Nachmittagshimmel schwebten. Alexis hob einen Zweig auf und tat, als rauche sie, und ich brüllte vor Lachen – fühlte mich besser, erfüllt von Dankbarkeit für meine Freundinnen. Da blieb Alexis stehen, den Zweig noch im Mund.

»Ach, Sophia«, sagte sie.

Ich blieb wie angewurzelt stehen, noch bevor wir überhaupt das Schultor erreicht hatten.

»Was?«, fragte ich. »Was ist denn?«

Aber mein Herz wusste es bereits.

Ich folgte Alexis' Blick.

Aidan Chambers stand vor dem Tor, wie immer. Aber nicht wie immer.

Weil er nicht mich küsste.

Er küsste diese Steinbock-Ziege, Gemma Teagan.

Zwölftes Kapitel

Aus dem Versteck unter meinem Bett ziehe ich die weiße und die rote Kerze hervor, und die welke rote Billigrose, die Mia mitgebracht hat.

»Ist es nicht irgendwie unmoralisch, jemandem einen Liebeszauber auf den Hals zu hexen?«, fragt Alexis.

Sie rümpft die Nase, als ich auch ein Foto von Aidan und mir hervorhole. Ich habe es heute Morgen ausgedruckt. Es ist das einzige Foto, das ich von uns habe. Eins, das ich bei McDonald's gemacht habe. Von uns beiden, wie wir mit zwei Strohhalmen aus demselben

Milchshake trinken. Der einzige Beweis, dass wir überhaupt je irgendwas geteilt haben.

Ich hole die letzte Zutat heraus – einen langen Streifen Seide, den ich in der Stadt gekauft habe. »Das hab ich vorher über Google gecheckt, ist kein Problem«, entgegne ich. »Das greift nicht in Aidans freien Willen ein oder so. Das setzt nur Energie ins Universum frei, damit er an seine Liebe zu mir erinnert wird.«

Mia schüttelt den Kopf. »Wenn er dran erinnert werden muss, dann ist das keine Liebe, Baby.«

»Jetzt komm schon. Ich hab eure Zaubersprüche auch ernst genommen. Ich hab grad einem blöden Hund auf der Reise ins Jenseits geholfen.«

Mia hebt abwehrend die Hände. »Ich sag ja bloß.«

Ich lege das Foto ab, aus dem mir Aidans herrliche Augen entgegenstarren. »Schaut«, sage ich, »ich geb ja zu, dass er sich nicht gerade perfekt verhalten hat. Streite ich ja gar nicht ab. In meiner idealen Welt müsste ich meinen Freund tatsächlich nicht erst verzaubern, damit ihm wieder einfällt, dass er mich mag. Aber wir leben nun mal nicht in einer idealen Welt und ich möchte nur ein paar Worte ans Universum richten, um ihm ein bisschen auf die Sprünge zu helfen. Ich versuche ja nur, Aidan dran zu erinnern, dass er mich toll findet. Was soll jetzt daran falsch sein, verflucht noch mal?«

Alexis lächelt. »Du bist so süß, wenn du sauer bist.«

»Hör auf!«

»Womit?«

»Mich zu verarschen!«

»Tu ich nicht!«, beklagt sich Alexis. »Wir kriegen dich halt nur selten so zu sehen, mehr nicht. So wütend. Das ist lustig.«

»Können wir jetzt einfach mit dem Zauber loslegen?«, frage ich.

Ich schließe die Augen und versuche, mich in den magischen Zustand zu versetzen – ein bisschen wie die Trance, in der ich den Bunsenbrenner-Zauber gemacht habe. Der Glaube daran ist die wichtigste Zutat der Magie. Man muss dran glauben, dass der Zauberspruch funktionieren wird. Man darf nicht dran zweifeln, denn das Universum merkt es sofort und macht alles kaputt.

Ich male mir die große Versöhnung zwischen Aidan und mir aus. Ich sehe uns vor mir, wie wir uns wieder vor dem Schultor küssen, aber ich möchte die Fantasie noch unterfüttern, damit das Universum merkt, wie ernst es mir damit ist. Also stelle ich mir vor, wie Aidan mich all seinen Kumpels als seine Freundin vorstellt und mir beim nächsten Theaterstück einen Platz in der ersten Reihe reserviert und mich zum Schulball der Elftklässler von zu Hause abholt, wo wir Ballkönig und Ballkönigin werden, obwohl das erst in zwei Jahren sein wird. Ich stelle mir sogar mein Ballkleid vor – grün, mit Spitze vielleicht –, als mich etwas am Kopf trifft.

Ich öffne die Augen. »Autsch!«, sage ich. Alexis hat die Seide zusammengeknüllt und nach mir geworfen.

»Wir wollten nur deine Aufmerksamkeit«, sagt sie.

»Habt ihr mich jetzt genug ausgelacht?«, frage ich.

Beide seufzen. »Wir haben dich nicht ausgelacht«, sagt Mia. »Wir *lieben* dich. Uns musst du dafür nie verzaubern, nur mal so als Beispiel.«

»Ja, ja, ja. Ich weiß ja, was ihr meint. Können wir jetzt loslegen?«

Ich sorge dafür, dass wir uns an den Händen nehmen, und versuche, mich wieder in die Hexenzone zu denken. Ich atme ein paarmal tief ein und versuche, mich mit dem Universum verbunden zu fühlen.

»Mutter Natur«, sage ich und komme mir dabei äußerst schräg vor. »Ich rufe dich an, um wieder Liebe in mein Leben zu bringen. Ich bitte dich, hilf der verlorenen Gunst, ihren Weg zu mir zurückzufinden. Als Erstes weihe ich diese Seide den Flammen.« Ich zünde die rote und die weiße Kerze an, die ich gekauft habe, und halte die Seide einen Moment lang über die Flamme, aber nicht lange genug, dass sie Feuer fängt. Dann nehme ich das Bild von Aidan und mir und reiße es mitten entzwei. Ich reiche die Teile Mia. »Beim nächsten Schritt muss ich die Augen zumachen«, sage ich ihr. »Kannst du mir das Foto von Aidan reichen, wenn ich es dir sage?«

Mia nickt und nimmt das zerrissene Foto, und ich bin froh, dass keine der beiden sich mehr über mich lustig macht. Ich kann mich ganz auf den Zauberspruch konzentrieren.

Ich schließe die Augen, sodass alles dunkel wird, und hebe die erwärmte Seide empor. »Mutter Natur, hier ist Seide, berührt von der Flamme der Liebe. Ich bitte dich, banne darin alle verlorenen Gefühle der Liebe, der Zuneigung und des Einverständnisses.«

Ich strecke die Hand aus. »Mia«, flüstere ich, »das Foto.«

»Ach ja, hier.«

Ich taste nach Mias Hand und pflücke das Aidan-Foto heraus. Die Augen noch immer geschlossen, falte ich das Foto und wickle es in die Seide, bis es völlig eingehüllt ist. »Und jetzt, Mutter Natur«, sage ich, »werde ich dies zusammen mit der Rose am Fuße eines Baumes pflanzen, damit die Liebe dort Wurzeln schlagen kann und starken Boden findet, um zu wachsen und zu gedeihen. Dank sei dir, und auch allen Geistern.«

»Danke«, wiederholt Mia.

»Supi, Leute«, sagt Alexis.

»Und das war's.« Ich schlage die Augen auf und sehe, wie Alexis und Mia mich angrinsen.

»Und jetzt?«, fragt Alexis.

»Jetzt müssen wir einfach nur dieses Foto vergraben.«

»Draußen?«

»Ja.«

»Wäh. Da ist's saukalt.« Alexis verschränkt die Arme vor sich.

»Die letzte Hürde, Leute, kommt schon«, sage ich.

Ich stehe auf, die Seide und die Rose in der Hand. Mia

erhebt sich langsam, aber Alexis muss an beiden Händen mitgeschleift werden. Wir steigen die Treppe hinunter, verpacken uns in Mützen und Handschuhe und treten hinaus in das eisige Schwarz unseres Gartens.

»Schon direkt lächerlich, wie kalt das ist«, beschwert sich Alexis, als ich über das nasse Gras zu unserem einzigen Baum stapfe. Es handelt sich um eine Birke, die im Mondlicht silbern schimmert. Vorhin habe ich dort eine Handschaufel bereitgelegt, nach der ich mich jetzt bücke.

»Leuchtest du mir beim Graben mit dem Handy?«, frage ich Mia und kauere mich mit meinem Seidenbündel und der Rosenopfergabe nieder. Dann beginne ich, ins kalte Erdreich zu stechen. »Ach du Schande. Der Boden ist steinhart.«

Die beiden schirmen mich vor dem Wind ab, während ich mich bemühe, ein ausreichend großes Loch zu graben. Die Erde ist fast zu Beton gefroren und ich hatte noch nie viel Kraft im Oberkörper. Aber ich bin wild entschlossen und schaffe es, wenigstens ein Winzloch hineinzustemmen. Dann lasse ich Aidans seidenumwickeltes Foto und die Rose hineinfallen und bedecke sie wieder mit Erde.

»So kann das jede Katze wieder ausbuddeln«, gibt Mia zu bedenken, als ich den Boden festklopfe.

»Nö«, entgegne ich. »Meine Mutter versprüht immer Fuchspipi rund ums Grundstück, damit die Katzen draußen bleiben.«

Mia verzieht das Gesicht. »Wo zum Henker kriegt man Fuchspipi her?«

Ich zucke mit den Schultern. »Aus einer Flasche aus dem Gartencenter im Baumarkt.«

Nach einem letzten festen Klopfer stehe ich auf. »Sie läuft jetzt nicht Füchsen hinterher und sammelt es mit einem Töpfchen ein oder so. Das wär tatsächlich seltsam. Gut, das war's dann. In einer Woche oder zwei, da könnte der Zauber –«

Wir fahren alle zusammen.

Mein Telefon klingelt.

DER LiEBESZAUBER

Ihr braucht:

1 rote Kerze
1 weiße Kerze
1 (verwelkte) Rose
1 Foto des Schwarms
1 Stück Seide
1 Baum in eurer Nähe

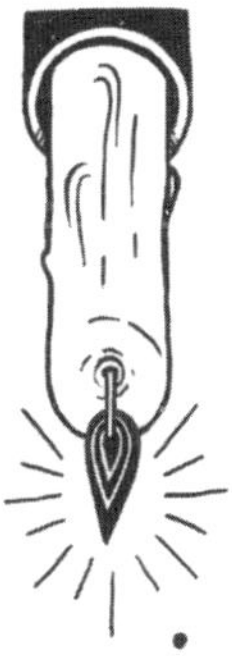

Zündet als Erstes die beiden Kerzen an und erwärmt über ihnen die Seide, dabei sagt die Bittende:

Mutter Natur, ich rufe dich an, um wieder Liebe in mein Leben zu bringen. Ich bitte dich, hilf der verlorenen Gunst, ihren Weg zu mir zurückzufinden. Als Erstes weihe ich diese Seide den Flammen.

Die Bittende schließt jetzt ihre Augen.

Mutter Natur, hier ist Seide, berührt von der Flamme der Liebe. Ich bitte dich, banne darin alle verlorenen Gefühle der Liebe, der Zuneigung und des Einverständnisses.

Faltet das Foto des Schwarms und umwickelt es mit der warmen Seide.

Und nun, Mutter Natur, werde ich dies zusammen mit der Rose am Fuße eines Baumes vergraben, damit die Liebe dort Wurzeln schlagen kann und starken Boden findet, um zu wachsen und zu gedeihen. Dank sei dir, und auch allen Geistern.

Sucht gemeinsam einen Baum, der euch gefällt, und vergrabt das Foto zwischen seinen Wurzeln.

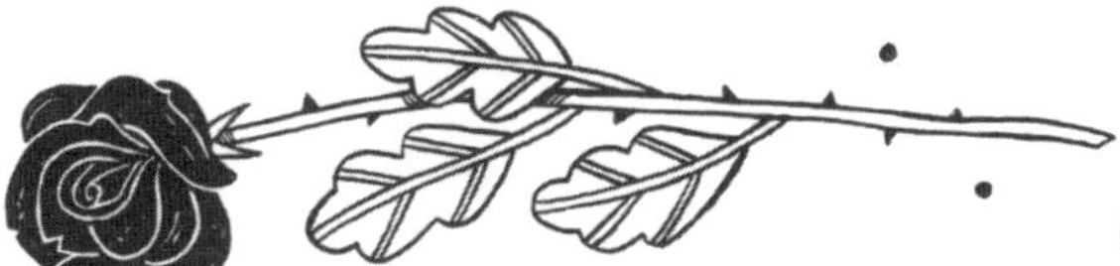

Dreizehntes Kapitel

»O Gott, er ist es, er ist es!«, quietscht Alexis mitten ins Schrillen meines Handys. »Der Zauber hat funktioniert!«

Mein Herz schwebt in meiner Brust und meine Finger fangen an zu zittern, und zwar nicht nur wegen der Kälte. Nein, es kann nicht funktioniert haben. Nicht so schnell.

Nein. Nein. Nein.

Ich blicke hinab auf mein Display.

Nein.

»Hi Mum, was gibt's?«, frage ich mit einer Grimasse für Mia und Alexis. Die beginnen zu lachen, dichte Atemwolken vor den Gesichtern.

»Ach, hallo Schätzchen«, sagt Mum. »Entschuldige die Störung, aber ich hab grad so richtig Panik, dass ich meinen Lockenstab angelassen habe.«

Seufzend trotte ich zum Haus zurück und bedeute den anderen, mir zu folgen. »Warum hast du mir nicht einfach geschrieben?«

»Weil du nicht antworten würdest und ich mir dann Sorgen machen würde, dass du meine Nachricht nicht gesehen hast, und dann würdet ihr alle im Schlaf verbrennen.«

Ich verdrehe die Augen. »Wir haben einen Feuermelder, Mum.« Ich öffne die Schiebetür zur warmen Zentralheizungsluft.

»Auf den werd ich kaum vertrauen, wenn es um das Leben von dir und deinen Freundinnen geht.«

Ich streife die Schuhe ab, um keinen Matsch auf den Teppich zu tragen, und tappe hinauf in ihr Zimmer, während Mia und Alexis sich unten noch heißen Punsch nachschenken. Mums Schlafzimmer ist immer unordentlicher als meins und heute Abend ist es besonders übel. Sie konnte sich offensichtlich nicht entscheiden, was sie zu ihrem Date anziehen sollte – die Klamottenberge auf ihrem Bett sprechen Bände, genau wie die Stöckelschuhe, die überall herumliegen. »Mum, du bist so was von schlampig.«

»Schon gut, schon gut. Siehst du den Lockenstab? Ist er aus?«

Ich lasse den Blick über den Teppich schweifen und entdecke ihn auf einer feuerfesten Matte, ausgeschaltet. Ich verdrehe die Augen, habe aber sofort ein schlechtes Gewissen. Bevor Dad verschwunden ist, hat er Mum immer damit in den Ohren gelegen, sie mache sich »ständig Stress«. Klar, sie macht sich auch ständig Stress, aber sie war noch deutlich gestresster, als Dad hier war und sie ständig beschimpft hat, wie gestresst sie doch sei. »Er ist ausgeschaltet«, teile ich Mum mit. »Wir werden die Nacht wider Erwarten doch überleben. Du kannst dich locker machen.«

»Danke, Liebes«, sagt sie. »Ist der Stecker auch rausgezogen?«

»Nein.«

»Könntest du?«

Ich seufze erneut und zerre den Stecker raus. Er plumpst auf den Teppich.

»Danke, Schätzchen. Tut mir leid, jetzt lass ich euch in Ruhe. Viel Spaß wünsche ich euch.«

Ich will Mum gerade fragen, wie der Abend so läuft, aber dann wird mir klar, dass ich das eigentlich gar nicht wissen will.

»Ebenfalls«, sage ich und lege auf.

Ich höre Mia und Alexis die Treppe hinauftrampeln, verlasse Mums Zimmer und sehe, wie sie zu den dampfenden Bechern noch riesige Chipsdosen mitbringen.

»Wie kann das sein?«, frage ich Alexis, als wir in mein Zimmer zurückkehren.

»Das ganze Gezauber hat mich hungrig gemacht«, sagt sie. »Außerdem, weißt du, es ist –«

»Die Trauer«, unterbreche ich. »Ja, ich weiß.«

Mia scheint unser magischer Zirkel schon in deutlich bessere Stimmung versetzt zu haben. Sie wippt auf den Zehenspitzen, sprüht nur so vor Energie. So ist sie normalerweise nie.

»Ich hab haufenweise Hexenfilme runtergeladen«, sagt Mia. »Wir können die ganze Nacht durchschauen. Mit Pause um Mitternacht natürlich, damit wir rausgehen und den Super-Blut-Wolfsmond segnen können.«

»Na klar.« Alexis rupft den Deckel von den Salz-und-Essig-Pringles und schiebt sich zwei in den Mund.

»Also, wir haben den *Hexenclub*, die *Zauberhaften Schwestern* und sämtliche Folgen von *Sabrina*. Ich hab mal alles runtergeladen, wegen der Auswahl. Und dann hab ich noch so einen Ermächtigungszauber entdeckt, der –«

Sie wird von meinem Telefon unterbrochen, das in meiner Hand surrt.

»Ist das …?«, fragt Alexis.

»Schon wieder meine Mutter?«, ergänze ich. »Vermutlich. Jetzt will sie, dass ich schaue, ob der Herd abgedreht ist oder so.«

Ich entsperre das Handy und erwarte schon ein leuchtendes »Mum« und weitere Sicherheitsanweisungen. Aber sie ist es nicht.

»O GOTT, Leute!«, kreische ich. Das Handy plumpst auf den Boden und ich springe auf und rudere mit den Händen.

»Was ist los? Wer ist es?«, fragt Mia.

»Es hat geklappt, es hat geklappt, es hat geklappt!«, sage ich. »Wir sind Hexen, wir sind richtige verdammte Hexen! Ich hab's gewusst, ich hab's gewusst, ich hab's gewusst!«

Alexis beugt sich herab und liest die Nachricht vor, mit hoher, zweifelnder Stimme:

Aidan Chambers: Na, alles klar? Bin auf Lucys Party. Komm doch auch. Wär schön, dich zu sehen x

Vierzehntes Kapitel

Alexis hat mein Handy in der Hand und den Mund weit offen, sie schüttelt ungläubig den Kopf. Mia beugt sich zu ihr, liest prüfend die Nachricht, ob das denn sein kann, und dann kippt auch ihr die Kinnlade runter. Unterdessen renne ich in meinem Zimmer herum und hüpfe auf das Bett wie ein hyperaktives Kind.

»Wir sind Hexen, wir sind Hexen, wir sind Hexen! Leute, WIR SIND HEXEN!«

»Ich glaube das nicht«, sagt Mia. »Das könnte blanker Zufall sein.«

Ich schüttle den Kopf im Sprung und knalle damit gegen die Decke.

»Ausgeschlossen«, sage ich. »Aidan hat mir seit WOCHEN nicht mehr geschrieben, und jetzt, direkt nach dem Zauberspruch, kommt die Nachricht. Autsch!!«

»Aber das kann nicht sein …«, hebt Mia an.

Ich schnappe sie bei der Hand, zerre sie zu mir aufs Bett rauf und zwinge sie zum Hüpfen. »Komm schon, Alexis«, rufe ich zu ihr hinab.

Die grinst und klettert zu uns herauf, lässt die Aufregung über das, was wir da gerade erreicht haben, in sich ankommen.

»Ich bin eine Hexe, ich bin eine Hexe, ich bin eine … AUTSCH!«, brülle ich, als ich wieder zu hoch springe und mit dem Schädel an die Zimmerdecke knalle. Ich lasse mich zusammengekrümmt aufs Bett fallen. »Auaauaauaau!«

Die anderen springen einfach weiter um mich herum.

»Echt jetzt, Leute, das tut wirklich weh!« Ich krümme mich zu einem Ball und mir kommen schon die Tränen vor lauter Schmerz. Alexis und Mia kapieren, dass ich es ernst meine, und kauern sich zu mir herab. Mia berührt die Stelle, die ich mir halte.

»Auweia, du hast echt schon eine Riesenbeule«, sagt sie.

»Ja, autsch«, sagt Mia mitleidig. »Das sieht nicht gut aus.«

Ich betaste meinen Kopf, und ja, da bildet sich schon ein riesiger Hügel, wie im Comic. Plötzlich erinnere ich mich an meinen Vater, an das, was er immer gesagt hat, wenn ich mir als Kind den Kopf gestoßen hatte. »Oh nein, hat dein Kopf etwa ein Ei gelegt?« Dads raue Hände strichen mir sanft über den Kopf, während ich weinte. »Ich hab gar nicht gewusst, dass du ein Huhn bist«, sagte er dann.

Dann gackerte Dad los und spielte das Huhn, während ich protestierte: »Nein, Daddy, ich bin kein Huhn!« Schließlich musste ich so sehr lachen, dass ich das Ei an meinem Kopf völlig vergaß.

Manchmal konnte Dad vermutlich schon nett sein …

Egal, jetzt ist nicht der Zeitpunkt, um über die Vergangenheit nachzugrübeln oder sich ein Ei aus dem Kopf wachsen zu lassen. Nein. Ich habe Aidan Chambers gerade erneut verhext. Es hat sich herausgestellt, dass ich tatsächlich richtige magische Kräfte habe. Jetzt muss ich nur noch Aidan finden, den Zauber durchziehen, wieder mit ihm zusammenkommen und mein Glück finden.

Ich taumle in die Senkrechte und renne zu meinem Schrank. »Alles klar, was zur Hölle zieh ich zu dieser Party an?« Ich rupfe ein paar Kleider heraus.

»Moment mal, wir gehen auf eine Party?«, fragt Mia, rutscht vom Bett und schaut mir zu.

»NA KLAR gehen wir auf die Party!« Ich ziehe ein weißes Sommerkleid aus dünner Baumwolle raus und frage mich, ob ich beim Tragen Frostbeulen kriegen werde. »Aidan hat mich gerade zur Party eingeladen, also *muss* ich hin. Der hat mich sonst NIE wohin eingeladen! Das ist der Durchbruch! Der magische Durchbruch!«

»Aber ich dachte, das ist ein Mädelsabend heute?« Mias Stimme ist scharf, und ich sehe hinter mir im Spiegel, wie ihr Gesicht sich verfinstert.

Ich drehe mich zu ihr um, um sie richtig anzusehen. »Es war ein Hexenabend, um Zaubersprüche zu sprechen, und der Zauber hat uns zur Party geführt. Wir müssen uns von Mutter Natur führen lassen!«

Alexis wirkt begeisterter. »Außerdem werden wir NIE zu Partys eingeladen«, sagt sie. »Das ist der Hammer.« Alexis fängt an, in meiner Schminktasche herumzukramen. »Kann ich deinen Lippenstift borgen?«, fragt sie und zieht einen raus. »Ich hab keinen dabei. Und dieser Eyeliner muss auch runter.«

»Klar, klar«, nicke ich und ziehe ein weiteres unpassendes Kleid hervor.

Mia verschränkt die Arme und starrt uns mit bitterbösem Finsterblick an. »Ich fass es einfach nicht, dass du uns jetzt zu der Party schleifst! Das sollte ein Abend nur für *uns* sein! Du machst es schon wieder. Kaum zeigt Aidan Interesse an dir, lässt du uns hängen.«

»Was?«, frage ich und drehe mich um, ein gelbes Sommerkleid in der Hand. »Was zum Henker soll das jetzt bitte? Ich hab euch nie hängen lassen. Und ich lass euch auch jetzt nicht hängen. Ihr könnt doch mitkommen!«

»Toll, um dir zuzuschauen, wie du wieder jede Selbstachtung verlierst«, entgegnet Mia, »indem du dich einem Kerl an den Hals schmeißt, der kein bisschen zu dir steht. Jippie! Was für ein Spaß für mich! Was für eine tolle Art, meinen Samstagabend zu verbringen!«

Mein Mund könnte nicht offener stehen. »Was zur Hölle? Mia!«

»Ja, komm schon, Mia«, sagt Alexis. »Das ist jetzt unfair.«

Mia dreht sich zu Alexis, ihre Augen funkeln vor Wut. »Ach, du hältst das also für eine gute Idee, wenn Sophia wieder mit Aidan zusammenkommt? Nachdem er sie so behandelt hat?«

Alexis zuckt die Schultern. »Ich halte es für eine gute Idee, wenn Sophia tut, wonach ihr ist.«

»Du bist lächerlich«, sagt Mia. »Das sagst du nur, weil du selbst zu der beknackten Party willst. Du bist eine miese Freundin.«

»Ist das jetzt dein Ernst?«, entgegnet Alexis und macht einen Schritt vorwärts, baut sich vor Mia auf. »Du übertreibst wieder völlig, wie immer!«

»Ich?«, brüllt Mia. »Ich übertreibe? Du bist diejenige, die einem Hund hinterherflennt, den du noch nicht mal gemocht hast!«

Ich fuchtle mit den Armen, versuche, sie zu bremsen. »Leute«, sage ich. »Kommt schon, LEUTE!«

»ICH HAB CASPER SEHR WOHL GEMOCHT«, faucht Alexis. »ICH HAB IHN *GELIEBT*! WIE KANNST DU ES WAGEN!«

Mia verschränkt die Arme fester und schiebt die Kinnlade vor. »Du hast das Vieh gehasst! Ständig hast du davon geredet, wie sehr du ihn hasst!«

»Leute!«, sage ich.

»Tja, und du hasst alle und jeden!«, kreischt Alexis. »Du bist quasi UNFÄHIG, glücklich zu sein. Das ist so was von langweilig!«

»LEUTE«, wiederhole ich und stelle mich zwischen sie. Mias Gesicht ist völlig verkniffen. Sie wendet sich ab und beginnt, ihre Übernachtungssachen wieder in ihren Rucksack zu stopfen.

»Tja, wenn du es so haben willst«, sagt Mia.

»Ach Mia, komm schon«, sage ich. »Geh nicht.«

Ich habe gerade zu viele Gefühle auf einmal. Ich bin so überglücklich wegen Aidans Nachricht. Es ist, als ob mein Herz sich aus meiner Brust befreit hätte und jetzt in meinem ganzen Körper herumspringt und Aufregung und Nervosität und Freude versprüht. Aber jetzt habe ich auch Panik wegen Mia. Was ist heute Abend nur mit ihr los? Warum ist sie so fies? Sie kann doch jetzt nicht einfach gehen! Was, wenn sie sich selbst verletzt?

Ich sehe ihr beim Packen zu und empfinde etwas, das ich kaum zugeben mag vor Scham … Genervtheit. Warum muss sich alles immer um sie drehen? Es ist so unfair, dass ich keinen Spaß haben darf, ohne mir gleichzeitig Sorgen um sie zu machen. »Komm schon, Mia!«, flehe ich. »Lass uns jetzt nicht alle streiten.«

»Ich streite mich nicht. Ich möchte einfach nur nicht zu dieser blöden Party.«

Alexis hat jetzt auch die Arme verschränkt und starrt schmollend auf die Pringles. »Wenn du nicht gehen willst, dann bleib halt da.«

»Alexis!«, sage ich.

»Was denn?«, ruft sie. »Es hat doch keinen Sinn, Mia dorthinzuschleifen.«

Ich bedenke sie mit einem zornigen Blick. Hat sie denn nicht kapiert, wo hier die Gefahr liegt? Mia hat uns gerade gestanden, dass sie sich selbst verletzt – wir können sie nicht einfach abziehen lassen, wenn so etwas vorgefallen ist. Aber Alexis geht an mir vorbei zu meinem Kleiderschrank. »Hast du irgendwas zum Anziehen für mich?«, fragt sie, öffnet den Schrank und wühlt darin rum. »Dein schwarzes Oberteil? Oder ziehst du das an?«

Ich beachte sie nicht und gehe zu Mia.

»Komm wenigstens für eine Stunde mit, Mia«, flehe ich. »Bitte.«

»Du brauchst mich dort doch eh nicht«, sagt Mia. Sie schüttelt den Kopf und meidet meinen Blick. »Sobald wir ankommen, wirfst du dich Aidan an den Hals, und dann müssen wir euch beiden beim Rummachen zuschauen und so tun, als würden wir ihn nicht für ein Arschloch halten.«

»Bitte, komm mit«, wiederhole ich, »und hör auf, ihn als Arschloch zu bezeichnen.«

»Nein.«

»Mia, komm schon.«

Wir können sie nicht allein lassen. Aber ich kann auch nicht nicht auf die Party gehen, jetzt, wo ich Aidan zurückgezaubert habe. Das würde die Geister nur verwirren. Ich balle meine Hände zu Fäusten, wünsche mir einen Zauber, der Mia entkompliziert.

»Können wir nicht einfach hierbleiben?«, fragt sie und blickt endlich auf, mit feuchten Augen. »Ihr wisst, wie schrecklich das wird auf der Party. Keiner kennt uns, keiner mag uns.«

Alexis hat sich schon bis auf den BH ausgezogen und zerrt sich eins meiner Tops über den Kopf. »Weil sie nie die Chance dazu hatten!«, sagt Alexis. »Jetzt geben wir ihnen die Chance.« Sie windet sich ins Oberteil und ich spüre einen eifersüchtigen Stich, weil sie besser darin aussieht als ich.

»Also sind wir dir als Freundinnen nicht genug?«, fragt Mia. »Geht's darum?«

»Hey, hey, hey! Mia, wie kommst du auf solche Gedanken?« Ich mache meine Stimme so leise und gelassen, wie ich kann, und es funktioniert.

Sie schluchzt auf, schnieft und sagt: »Entschuldigung. Ich fühl mich nur so seltsam wegen dem, was ich euch heute Abend erzählt hab, und jetzt hab ich Angst, dass ihr nicht mehr mit mir befreundet sein wollt.«

Alexis und ich wechseln einen Blick und werden beide weicher. Jetzt, wo wir ihr Verhalten begreifen, vergeben wir ihr sofort. Wir stürzen zu ihr und setzen sie aufs Bett.

»Mia, das ist einfach verrückt«, sage ich. »Na KLAR wollen wir immer noch mit dir befreundet sein.«

»Das hat doch nichts miteinander zu tun«, ergänzt Alexis. »Sophia kann dich lieben und froh und erleichtert darüber sein, dass du uns das anvertraut hast, und trotzdem zu dieser Party wollen.«

Ich spüre, wie Mia sich in unseren Armen entspannt, wie unsere Worte sie beruhigen. »Schön, dann komm ich eben mit«, sagt sie und legt den Kopf auf mich. »Auch wenn ich keinen Bock darauf habe.«

»Ja!«, sage ich.

»Das wird der Horror«, warnt mich Mia. »Und am Ende werden wir uns wahrscheinlich alle die Augen ausheulen.«

Alexis springt auf und fängt an, einen verdrehten Tanz-Move zu machen, der so wirkt, als müsse sie sich ein Huhn vom Leib halten. »Aber wir werden LEBEN«, sagt sie und fuchtelt wie wild mit den Armen. »Heulen, aber LEBEN!«

Alexis tanzt weiter wie eine Vollirre und wir müssen lachen, sogar Mia. Dann mache ich mich daran, den Eyeliner loszuwerden. Mit Kinderschreckgesicht muss ich erst gar nicht versuchen, die Liebe meines Lebens zurückzuerobern. Ich reiße eine Packung Feuchttücher auf und wische mir die Augenschminke ab, bevor ich eine neue Schicht Mascara auflege.

Mein Zauberspruch. Er hat gewirkt. Er hat mir geschrieben. Er hat mir tatsächlich geschrieben. Ich liebe ihn. Ich glaube wirklich, ich liebe ihn. Ist das der Beginn seiner Liebe zu mir? Der Beginn davon, dass mich endlich jemand liebt?

»Ich bleib, wie ich bin«, sagt Mia, während wir uns aufbrezeln bis zum Gehtnichtmehr. Sie zieht ihre Kapuzenpulliärmel nach unten, greift sich ein Buch und beginnt, gegen die Wand gelehnt zu lesen, während sie auf uns wartet. Ich grinse. Ich liebe es so, dass wir uns fetzen können, dass es beinahe die Freundschaft zerreißt, und dann einfach wieder mir nichts, dir nichts beste Freundinnen sind. Es zeigt, wie sicher wir uns miteinander fühlen. Ich sehe unsere Streitereien immer als Zeichen der Stärke, nicht der Schwäche.

Ich prüfe im Spiegel, ob meine Megawimpern geschwungen genug sind. Mein Mund wird das Lächeln wieder nicht los.

Ich trage pfirsichfarbenen Lippenstift auf, einen, der meine blauen Augen so richtig betont. Einen, der nicht verschmiert. Nur zur Sicherheit.

Ich frage mich, was Aidan Chambers wohl anhat.

Ich frage mich, wie oft er wohl aufs Handy geschaut hat, ob ich geantwortet habe.

Ich frage mich, ob ich jetzt anfangen soll mit dem Sparen für unsere Limousine zum Abschlussball.

Ich frage mich, ob er mir nur geschrieben hat, weil ich ihn verhext habe.

Ich hoffe nicht.

Ich hoffe es wirklich, wirklich nicht.

Aber Sorgen mache ich mir doch.

Fünfzehntes Kapitel

Es gab einen Punkt, da habe ich mir überlegt, ob ich in meinem Leben auch ohne Chemie weiterkomme. Ehrlich, allein der GEDANKE, zwei Stunden die Woche neben Aidan sitzen zu müssen und das verdammte Periodensystem zu lernen, nachdem er mir das Herz gebrochen und über die Einzelteile gepisst hatte, war unerträglich.

Hinterher weinte ich das ganze Wochenende durch – schaute mir ununterbrochen das Foto von uns beiden auf meinem Handy an. Es war nicht nur der Schmerz, dass Aidan mich zurückgewiesen hatte, sondern auch das erniedrigende Gefühl, dass wirklich *jeder* davon wusste. Die öffentliche Bestätigung, dass ich tatsächlich unliebenswert, unbegehrenswert, langweilig und nichtssagend war. Mum hatte keine Ahnung, wie sie mit mir schluchzendem Häufchen Elend umgehen sollte. Sie dachte, es habe was mit Dad zu tun, obwohl der sich schon vor mehreren Monaten verabschiedet hatte.

»Ach, Schätzchen, es tut mir leid«, tröstete mich Mum. »Du bist nicht daran schuld, dass er gegangen ist. Er war einfach ein sehr verwirrter Mann. Es hatte nichts mit dir zu tun – du bist perfekt.«

Ich weinte noch heftiger, weil die Erinnerung daran, wie mein Dad sich einfach ins verflixte Kanada abgesetzt hatte, auch ziemlich wehtat.

Sie setzte sich an meine Bettkante und streichelte mir das tränenverklebte Haar aus der Stirn. »Liebling, du darfst bitte nie denken, dass es an dir gelegen hat. Dein Dad liebt dich, auf seine eigene Art. Er … also … er liebt sich selbst einfach mehr. Aber das ist sein Problem, nicht deins.«

Ich drehte mich wortlos von Mum weg und zerbrach mir stattdessen den Kopf darüber, wie ich Chemie auf ewig meiden konnte. Wenn ich mich so richtig dumm anstellte, würde ich dann vielleicht eine Leistungsgruppe heruntergestuft? Nur leider wollte ich tief in meinem Innersten immer noch dringend Aidan sehen – so jämmerlich, wie das auch klingt. Vielleicht würde er bei meinem Anblick merken, was für einen Fehler er gemacht hatte? Vielleicht … vielleicht …

Es war lächerlich, wie aufgemotzt ich am Dienstag zur Schule ging. Ich reizte die Make-up-Ordnung bis zum Anschlag aus und zerrte meinen Rock so weit hoch, wie es nur ging.

»Du siehst wunderschön aus«, sagte mir Alexis während der Lernstunde, als sie mir einen Kaugummi rüberreichte. »Er hat dich nie verdient, das weißt du schon, oder?«

»Wer?«, erwiderte ich. »Was? Ach, der. Das ist Schnee von gestern.«

»Ach? Dann waren die ganzen Nachrichten am Wochenende nicht von dir?« Sie zückte ihr Handy, hüstelte und begann, lauthals zu flüstern:

Nie wieder werde ich Freude empfinden können.

Es ist mein linkes Auge, nicht wahr? Es hat ihm nicht gefallen, dass es kleiner ist als das rechte.

Ich hab so krass geweint, dass ich einen Ausschlag im Gesicht bekommen habe.

»Hör auf!« Ich riss ihr das Handy aus der Hand, während sie sich schieflachte. »Ich hab's kapiert!«

Vor Chemie stand ich in der Sprachflügeltoilette und übte mein *Du bist mir völlig egal-* und *Ich gehe so was von reif damit um*-Gesicht. Dafür war jede Menge aktive Augenbrauenentspannung vonnöten.

»Du schaffst das«, versicherte ich meinem Spiegelbild. »Zeig Aidan, was ihm entgeht. Zeig ihm, dass du NICHT langweilig und NICHT nichtssagend bist, sondern total großartig und er ein Idiot, mit Gemma rumzuknutschen statt mit dir.«

Aidan saß schon da, als ich den Chemiesaal betrat. Bei seinem Anblick wurde ich ganz schwach. Gott, er sah so gut aus. Das sollte wirklich verboten werden. Es sollte irgendein Gesetz geben, nach dem sich Jungs, die ein bestimmtes Attraktivitätsmaß überschreiten, eine Papiertasche über den Kopf stülpen müssen. Es war einfach nur unfair, allen gegenüber.

Jeder Schritt auf Aidan zu war eine Qual. Ich merkte, dass fast die ganze Klasse mir dabei zusah und sich fragte, wie das wohl laufen würde. Es war mein letzter Augenblick als Objekt des Interesses für meinen Jahrgang, bevor ich wieder zum Niemand werden würde.

Ich erreichte meinen Platz. Aidan blickte auf.

»Ah, hey«, sagte er, als sei gar nichts los. »Alles klar?«

Warum tut er so, als sei gar nichts passiert? Ist nichts passiert? Hab ich mir das Ganze nur eingebildet? Werde ich jetzt gleich zurücktransportiert zu jenem Tag, an dem ich den Liebeszauber über dem Bunsenbrenner veranstaltet habe, aus dem Schlaf hochschrecken und erkennen, dass alles nur ein

Tagtraum gewesen ist, der mich vor den Gefahren der Magie warnen sollte?

»Ich? Ja, alles spitze«, hörte ich mich sagen. »Besser noch als … ein Spitzer. Mir geht's wie einem … Spitzenspitzer.«

Aidan grinste mich an, als hätte ich nicht mehr alle Tassen im Schrank. »Cool.«

Ich setzte mich.

»Und du, auch alles spitze?«

»Ja, hervorragend!«

Dieses *hervorragend* tat mir am meisten weh. Es war heldinnenhaft von mir, nicht auf der Stelle in Tränen auszubrechen. Stattdessen setzte ich mich neben Aidan und fiel in mich zusammen. Ich ließ mir mein Haar vors Gesicht hängen, damit er mich nicht sehen konnte. Nicht, dass er es überhaupt versucht hätte. Er sprach noch nicht mal mit mir. Er bot mir keine Erklärung für das, was passiert war. Aidan schrieb mit und lauschte dem Lehrer und verzog sich mit einem schlichten »Tschau«, als es läutete.

Und ich ging heim und heulte und fragte mich, was mit mir nicht stimmte. Erst verließ mich mein Dad, ganz mir nichts, dir nichts. Keine große Sache. Nicht, dass er MEIN VATER gewesen wäre oder so. Und jetzt Aidan Chambers. Mein erster Kuss. Der sich auch einfach aus meinem Leben verdrückte, als wäre das keine große Sache.

Als wäre *ich* keine große Sache …

Sechzehntes Kapitel

Es ist völlig egal, wie viel Mühe man sich bei der Zusammenstellung des perfekten Partyoutfits gibt, denn es wird zwangsläufig von den vielen Schichten ruiniert, die man braucht, um den englischen Winter zu überleben.

»Man würde nie ahnen, wie gut meine Titten unter alldem aussehen«, beschwert sich Alexis, als wir frostknirschend zu Lucys Party stapfen. Alexis ist in zwei Schals, eine Mütze und eine riesige Daunenjacke gehüllt. »Und sie sind heute extrastraff, wegen der Kälte.«

Ich sehe Mia in der orangen Straßenbeleuchtung die Augen verdrehen. »Wir werden kaum der Liebe unseres Lebens in die Arme laufen, wenn wir im Vorort unterwegs zu einer Scheißparty sind.«

»Man weiß nie!«, entgegnet Alexis.

Ich kann mich kaum auf ihre Unterhaltung konzentrieren, weil ich so dermaßen aufgeregt bin. Ich habe Aidan zurückgeschrieben, ganz locker flockig:

Ja, ich hab heute doch Zeit, vielleicht schau ich noch vorbei.

Seitdem habe ich alle zwanzig Sekunden aufs Handy geschaut. Bisher keine Antwort. Aber vielleicht hält er sich gerade vor dem Spiegel einen Vortrag. Ich male mir aus, wie sich vor Lucys Toilette eine Schlange bildet, weil Aidan sich drinnen eingeschlossen hat. Er hält das Waschbecken umklammert, sieht sich in die Spiegelaugen und sagt: »Fahr das jetzt nicht an die Wand, Kumpel. Das ist deine eine und einzige Chance, Sophia zurückzugewinnen.«

Ich gerate ins Schlittern und erstarre, getroffen von der Erkenntnis, dass ich tief in meinem Innersten nicht mal selbst dran glaube. Nicht mal nach meinem Zauberspruch. Aidan Chambers würde sich *nie* so viele Gedanken machen.

»Wie lang müssen wir auf der Party bleiben?«, jammert Mia und rutscht auf derselben vereisten Stelle aus wie ich.

»Mindestens eine Stunde«, sagt Alexis. »Und du musst mit mindestens einem menschlichen Wesen ein Wort wechseln außer uns.«

»Das wird der Horror«, winselt Mia.

»Nein, wird es nicht«, hält Alexis dagegen. »Bist du dem Hashtag nicht gefolgt?«

»Nein. Welchem Hashtag?«

Es stellt sich heraus, dass Lucy einen Hashtag für die Party hat – #Winterball –, und wir kommen alle schlitternd zum Stehen, um ihn auf Alexis' Handy anzuschauen. Jeder, der auf der Schule irgendwas zu sagen hat, scheint da zu sein, postet Selfies und Ganzkörperaufnahmen des jeweiligen Outfits. Irgendwer hat es geschafft, haufenweise Alkohol reinzuschmuggeln, weil alle Bierflaschen oder Weingläser in der Hand halten. Wir scrollen uns durch die Fotos und ich halte Ausschau nach Aidan, mit Knoten im Magen, warte angespannt auf den Anblick des Jungen, der mich gefragt hat, ob ich komme.

»Scheint, als wären Peter und Olivia wieder zusammen«, sagt Alexis. »So, wie die da miteinander rummachen. O Gott, ist das Ryan? Den hab ich auch nicht mehr gesehen, seit er von der Schule geflogen ist!«

Noch mehr Fotos gleiten vorüber, aber ich spüre richtig, wie bei Mia neben mir das Frieren und die Langeweile einsetzen.

»Wo haben die den ganzen verdammten Wein her?«, überlegt Alexis. »BESTIMMT von Charlies Vater, aber die Eltern würden doch merken … oh!«

Das ist der Moment, wo sein Gesicht auftaucht. Aidan Chambers' perfektes Gesicht. Ich schnappe Alexis ihr Handy weg.

»Hey!«, sagt sie, aber ich überhöre es.

Aidan sieht gut aus, klar. Haar steht in die Höhe. Schönes Karohemd. Haut natürlich gebräunt, wie das ganze Jahr über. Blitzweiße Zähne dazu. Er hat ein Bier in einer Hand, mit der anderen macht er das Peace-Zeichen. Er sieht so schön aus. Mein Magen schlägt Purzelbäume. Gott, ich steh ja so auf ihn. Ich kann es gar nicht fassen, dass er mir geschrieben hat. Mir? Mir! Mir. *Aber* …. *Aber* … in meinem Kopf beginnt eine Stimme zu flüstern. *Aber* …

»Kann ich mein Handy wiederhaben?«, fragt Alexis. »Erde an Sophia! Handy. Meins. Kann ich's wiederhaben?«

»Oh, sorry.« Ich reiche es ihr und wir gehen weiter, doch ich starre auf den gefrorenen Gehweg und mein Magen macht etwas mir Unbegreifliches. Er kribbelt nicht mehr. Die Purzelbäume haben sich in Bauchklatscher verwandelt. Tatsächlich fühlt mein Magen sich plötzlich an, als stecke ein sehr unguter Kloß drin. Grauen hat sich darin ausgebreitet. Nein, das kann es nicht sein. Mein Wunsch hat sich doch erfüllt. Mein Zauber hat funktioniert.

Kloß.

Da ist er wieder.

Was ist da los?

Ich bleibe wieder stehen, und meine Freundinnen schlittern an meiner Seite, mit bambiwackligen Beinen.

»Was ist los?«, fragt Mia. »Alles okay?«

Ich nicke, bleibe stehen. »Nein.«

»Das ist eine verwirrende Antwort«, sagt Mia.

Ich schüttle den Kopf. »Ja, tut mir leid.«

»Das ist noch verwirrender.«

»Entschuldigung.« Ich sehe zu, wie mein Atem sich vor mir in kleine Wolken verwandelt. Und ich weiß nicht genau, woher dieser Kloß jetzt kommt oder was hier gerade vor sich geht oder warum ich plötzlich an meinen Dad denken muss und wie er gegangen ist und warum ich jetzt auch noch davon Bauchweh kriege. Und jetzt denke ich an Aidan Chambers und was er getan hat und wie ich mich deshalb gefühlt habe.

»Ich … ich weiß nicht, ob ich da wirklich hinwill«, höre ich mich laut sagen. Ich halte mich an meinem eigenen Mantel fest, so sehr erstaunt mich, was ich da sage.

»Das ist jetzt ein Witz, oder?«, fragt Alexis, während ich Mia neben uns lächeln sehe.

Ich schüttle den Kopf noch einmal. »Keine Ahnung. Ich bin durcheinander.«

»Wir haben uns total aufgemotzt«, ergänzt Alexis. »Wir sind bereit. Er hat dir geschrieben! Genau das hast du dir gewünscht!«

»Hab ich das?«, frage ich und fasse mir an die Kehle, schockiert von den Worten, die sie gerade produziert hat. Worte, von denen ich im Leben nicht gedacht hätte, dass ich sie mal sagen würde. Aber die Worte fühlen sich richtig an. Sie prickeln mir auf der Zunge, als ich sie ausspreche.

»Wenn du da nicht hinwillst, müssen wir nicht hin«, sagt Mia.

Alexis dreht sich zu ihr. »Ach, tu doch nicht so, als würdest du dich nicht darüber freuen.«

»Ich will einfach nur das Beste für Sophia.«

»Ich auch«, versetzt Alexis, »und sie hat diesen Kerl gerade buchstäblich verzaubert, um ihn zu kriegen, also denk ich mir halt, sie *will* das auch durchziehen. Wenn man bedenkt, was für ein krasser Schritt das doch ist, mit Magie anzukommen und so.«

Ich schniefe. Sogar ziemlich heftig. Ich fasse mir mit der behandschuhten Hand an die Nase, und als ich sie wieder wegziehe, ist lauter Rotz drauf. Seltsam. Ich schniefe noch mal, um den Rotz wieder hochzuziehen. Das Geräusch reißt Alexis und Mia aus ihrer Diskussion.

»O Gott, Sophia, was ist los?«, fragt Alexis.

»Warum denn?«

»Du weinst«, sagt Mia, kommt näher und reibt meine eiskalten Mantelarme.

»Tu … ich das?«

Beide nicken. Ich hebe die Handschuhe an meine Augen und sie werden ganz durchweicht von Rotz und Wasser. Ich schlucke und schluchze. Gott, ich weine wirklich! Oje.

»Verdammt, so schlimm hab ich dich noch nie weinen gesehen«, sagt Alexis zu mir. »Ist alles okay?«

Darauf kommen nur noch mehr Tränen. Sie strömen und strömen, meine Brust beginnt zu schmerzen.

»Macht's euch was aus, wenn wir uns setzen?«, frage ich und lasse mich sehr plötzlich auf den kalten Gehweg sinken. Mein Gesicht fällt in meine Hände und ich weine und weine und weine. Mein Rücken hebt und senkt sich schwer, mein Rotz überzieht meine Beine, als hätte eine Nacktschneckenorgie darauf stattgefunden.

Alles kommt raus. Alles. Ich weine, weil mir aufgeht, wie dumm ich bin. Ich weine, weil Aidan Chambers alles andere als nett zu mir war. Genau genommen hat er mich in aller Öffentlichkeit blamiert und sich nicht mal dafür entschuldigt. Genau wie mein Dad sich einfach davongemacht und sich dann nicht einmal dafür entschuldigt hat. Ich weine, weil so etwas wehtut. Ich habe so getan, als sei alles in Ordnung mit mir, aber das ist es nicht. Das tut alles so richtig, richtig weh.

»Bin ich ein Nichts?«, klage ich hinaus in die Dunkelheit. »Bedeute ich *niemandem* irgendwas?«

»Was?«, fragt Alexis. »Süße! Du bist großartig.« Meine Freundinnen setzen sich neben mich und Alexis zieht mich an sich.

»Nein, bin ich nicht«, sage ich. »Ich bin langweilig und sinnlos und keiner liebt mich.« Meine Stimme humpelt wie ein Schwein, das sich den Huf gestoßen hat. Die

Worte und ihre Bedeutung tun weh, wenn man sie rauslässt, und lassen meine Gefühle völlig durchdrehen.

Ich gebe mir die Schuld, dass Dad gegangen ist, denke ich, *weil er doch bestimmt geblieben wäre, wenn ich auch nur ansatzweise etwas wert wäre. Und dann ist Aidan Chambers dahergekommen und hat mich hoffen lassen, dass ich etwas wert bin, Zeit und Aufmerksamkeit verdiene, aber auch er fand mich ganz bald nur noch langweilig.*

»Was hab ich an mir, dass man mich so einfach verlassen kann?«, schluchze ich. »Ich muss so sagenhaft langweilig sein, dass mich alle einfach so fallen lassen.«

Eine Weile lang gibt es nichts, was Mia und Alexis tun könnten, um meine Tränen zu stoppen. Also sitzen sie da im Kalten und Dunklen, verpassen die coolste Party, zu der wir je eingeladen wurden, und reiben mir den Rücken. Es gibt keinen Moment, in dem eine von beiden mich nicht streichelt, sei es meinen Rücken, meinen Arm oder mein eisiges, eisiges Bein. Sie reiben und reiben, als sei ich eine wunscherfüllende Wunderlampe, und flüstern mir liebe Worte in die gefrorenen Ohren.

»Sophia, wir lieben dich«, sagt Mia. »Du bist nicht langweilig. Du bist der tollste Mensch überhaupt.«

»Bitte glaub nicht, dass es toll ist, ständig ein Riesendrama zu veranstalten«, sagt Alexis. »Das ist superanstrengend. Ich hab dich so wahnsinnig gern bei mir. Du bist mein Fels in der Brandung. Das ist nicht nichts, das ist *alles*.«

»Lass nicht zu, dass er dir so nahegeht.«

»Er ist eine Arschgeige.«

»Es tut mir so leid mit deinem Dad.«

Ich weine, bis nichts mehr übrig ist und ich absolut kein Gefühl mehr in den Pobacken habe. Ich weine auf eine Art, die mich befreit. Ich weine, weil meine Freundinnen mich halten, und ich weine, weil sich das so gut anfühlen kann.

Und dann geschieht etwas Magisches … langsam beginne ich, ihren Worten zu glauben. Den Zusprüchen meiner Freundinnen. Sie sickern in mich ein, genau wie meine Tränen in das Eis unter uns einsickern. Vielleicht bin ich nicht der spitzigste Mensch aller Zeiten. Vielleicht bin ich jemand, der mehr zuhört, als selbst zu reden. Ich ziehe vielleicht nicht die Aufmerksamkeit des ganzen Raums auf mich, aber ich ziehe andere ins Gleichgewicht. Ich wahre den Frieden. Ich bin da. Wenn ich euch liebe, dann bin ich da. Selbst, wenn ihr über einen toten Hund weint, den ihr eigentlich nie besonders gemocht habt. Oder mir das Versprechen abringt, nicht zu verraten, was ihr euch Unheimliches antut. Oder mich wiederholt fragt, ob ihr den Lockenstab auch abgestellt habt: *Ich bin da.*

Zuverlässigkeit muss nicht immer langweilig sein, geht mir auf. Ich wünschte mir, Dad wäre zuverlässiger gewesen. Und Aidan auch …. Ich habe meine Zuverlässigkeit immer als Fluch gesehen, aber jetzt kommt es mir vor, als könnte es meine Stärke sein.

»Danke«, sage ich schließlich, als ich keine Tränen mehr habe. »Keine Ahnung, woher das jetzt plötzlich gekommen ist.«

Mia lacht. »Tja, jetzt hat wenigstens jede von uns heute ihren Heulanfall gehabt. Jetzt ist es gerecht, gut gemacht.«

»Bin ich irre, dass ich nicht auf die Party möchte?«, frage ich.

Beide sagen sofort Nein und schütteln die Köpfe wie Hunde, die sich das Wasser aus dem Fell schütteln.

»Du bist irre, wenn du überhaupt noch ein Wort mit ihm wechselst«, sagt Mia.

»Aber er hat mich gefragt, ob ich komme. Das muss doch wohl irgendwas heißen, oder?«

»Er hat dir schon mal wehgetan«, sagt Alexis. »Das sollte irgendwas bedeuten. Sosehr ich auch auf diese Party möchte, ich will auch nicht, dass man dir wehtut. Und dieser Typ hat ein Schema.«

Ich schüttle den Kopf. »Ich begreife mich gerade überhaupt nicht. Ich meine, ich hab Aidan verzaubert, damit ich ihn zurückkriege, und jetzt …«

Ich werde unterbrochen von Alexis, die meinen Arm zerquetscht. »O Gott«, kreischt sie. »Leute! Das ist doch Casper!«

Von allen Unterbrechungen der Welt hätte ich diese am wenigsten erwartet.

»Was?«, fragt Mia.

Wir folgen Alexis' Zeigefinger und unsere Augen landen auf einem sehr kleinen, sehr verloren aussehenden Hund. Man muss sagen, dass das kleine Ding tatsächlich genau wie Alexis' kürzlich verstorbener Casper aussieht.

Alexis springt auf. »Es ist Casper! Er ist hier, um sich zu verabschieden!« Sie schlittert mit einem Affenzahn über die Straße und steht binnen Sekunden neben dem Tier, kauert sich hin und krault den Hund hinter den Ohren. »Alles gut, alles gut, Junge. O Gott, du FEHLST mir SO SEHR. Ich fasse es nicht, dass du da bist.«

Mia und ich starren uns an. Ich bin völlig perplex. Hier gehen zu viele Zaubersprüche in Erfüllung. Ich bin gerade noch bereit, Aidans Botschaft als Zufall abzutun … aber ein auferstandenes Tier?

»Das ist nicht ihr Hund, oder?«, frage ich Mia. »Das kann *nie und nimmer* Casper sein.«

Mia lächelt. »So wie der Abend verlaufen ist, bin ich mittlerweile bereit, einfach alles zu glauben.«

Wir stehen langsam auf, völlig erschüttert, und schleifen unsere kalten Körper zu Jesus-Casper und der jetzt schluchzenden Alexis.

»Er ist gekommen, um sich zu verabschieden, bevor er ins Jenseits geht«, sagt Alexis. Sie fährt ihm durchs Fell, die Tränen rinnen ihr aus den Augen. Jesus-Casper genießt es und rollt sich auf den Rücken, damit wir auch an den Bauch kommen. Seine Beinchen beginnen vor Glück zu zucken, als Alexis ihn krault. Nie, nie habe ich sie so nett gegenüber ihrem Hund gesehen, als er noch gelebt hat.

»Ich vermisse dich so sehr«, sagt Alexis. »Es tut mir leid, dass ich nicht sehr nett zu dir war. Ich hoffe, du hast es wunderschön im Hundehimmel.«

Ich strecke meine Hand nach dem Hundekopf aus und erwarte fast, durch ihn hindurchzugreifen wie durch einen Geist. Aber ich spüre Fell und Jesus-Casper drückt sich glücklich gegen meine Hand.

»So was von schräg«, murmele ich.

Alexis ist wie verwandelt. Sie wirkt in keiner Weise verstört. Sie kann nicht aufhören, den Hund zu kraulen. So glücklich habe ich sie noch nie gesehen, glaube ich. Ein Lächeln stiehlt sich über mein Gesicht. Keine Ahnung, ob dieser Jesus-Casper wirklich Casper ist, der sich verabschieden will. Vielleicht ist es Zufall, vielleicht ist es ein entlaufener Hund oder vielleicht ist es Hexerei. Aber was es auch ist, ich bin sehr froh, dass es passiert ist.

Wir drängen uns alle um ihn herum und streicheln Jesus-Casper zwei, drei Minuten lang. Der Hund liegt immer noch auf dem Rücken, die Pfoten in die Luft gereckt, die Zunge hängt ihm schlaff aus dem Maul vor Glück. Seine Augen starren uns direkt an, wie um uns zu sagen: »Bitte für immer und ewig so weitermachen.« Er ist ein äußerst echter Hund. Wenn wir hier nicht gerade alle gleichzeitig dieselbe Halluzination haben – immerhin möglich, denn wir haben alle sehr viel käsige Pizza gegessen –, ist dieser Hund echt. Und dann, so schnell wie er gekommen ist, kläfft Jesus-Casper einmal scharf auf, rollt sich auf die Füße und verschwindet in der Dunkelheit. Wir stehen da und sehen ihm nach, wie er sich im Schwarz auflöst.

»Auf Wiedersehen, Casper«, flüstert Alexis tränenerstickt. »Ich liebe dich.«

Ich schüttle immer noch den Kopf. »Ich kann nicht glauben, dass wir den Hund herbeigehext haben«, sage ich. »Erst schreibt Aidan, dann kommt Casper zurück.«

Mia hebt die Hand. »Oooooder dieser Hund war ganz einfach ein entlaufener Hund und wir haben ihn gerade in die Nacht entwischen lassen, wo ihn ein Fuchs fressen könnte.«

»Nein, das war ganz sicher Casper.« Alexis dreht sich zu uns und lächelt so breit, wie es die Welt noch nicht gesehen hat. »Wir haben es geschafft. Wir haben ihm auf die andere Seite geholfen. Wir haben *wirklich* Zauberkräfte.«

Wir grinsen einander an, und da erhebt sich aus dem Nichts ein Luftzug, zerzaust uns die Haare, lässt es uns eiskalt den Rücken hinunterlaufen. Wir brechen in Gelächter aus und stoßen eine Art Schrei aus, verstört und begeistert zugleich. Wir nehmen die Beine in die Hand und rennen zurück in Richtung meines Hauses, unter Kreischen und gelegentlichen Stopps, um den Blutmond anzuheulen. Wir müssen wie Verrückte aussehen, aber seit meinem Weinkrampf fühle ich mich so viel leichter.

Im Vorgarten bleibe ich stehen und werfe den Kopf

in den Nacken, um noch einmal wölfisch loszuheulen. Es ist Wahnsinn, wie erfüllt ich mich fühle, wenn ich mit diesen Mädchen zusammen bin. Was ich für ein Glück habe, meine verrückten Freundinnen gefunden zu haben. Keine Ahnung, wie ich mir solche Sorgen machen konnte, ob ich liebenswert bin, wo ich doch den Beweis meiner Liebenswürdigkeit längst habe – genau hier, mit ihnen.

Wir sperren die Tür auf und drehen die Heizung hoch, um uns aufzuwärmen. Wir legen schräge Musik auf und tanzen im ganzen Haus herum, veranstalten unsere eigene Party. Eine, die nicht auf die herkömmliche Weise cool ist, sondern cool, weil wir uns frei genug fühlen, ganz wir selbst zu sein. Der Mond steigt immer höher in den Nachthimmel, wird blutig und blutiger und blutigst. Mitternacht ist längst vorbei, aber uns ist nicht nach Schlafen zumute.

»Ich möchte einen letzten Zauberspruch machen«, erkläre ich den beiden um zwei Uhr morgens, »wo wir doch so gut darin sind.«

Wir zünden die Kerzen in meinem Zimmer an und ich denke mir die »Zutaten« für den Zauber aus, den ich mir vorstelle. Ich krame in der Küche nach Dingen, die jede von uns repräsentieren. Ein paar Zuckerwürfel für Alexis, rote Weintrauben für Mia und ein Vanillejoghurt für mich. Wir stellen das Essen in die Kreismitte.

Als der magische Zirkel geschlossen ist, schließe ich die Augen und beschwöre die Kraft, von der ich weiß, dass sie in mir schlummert. Ich singe die Worte zu diesem Zauberspruch, als wäre er mir schon ein Leben lang vertraut: »Geister aus Mutter Natur«, sage ich, »ich rufe euch an. Ich bitte euch, segnet uns alle und unsere Freundschaft, die uns stärker macht. Gewährt uns Kraft für unsere Gemeinschaft und Kraft für jede Einzelne von uns.«

»Kraft für unsere Gemeinschaft und Kraft für jede Einzelne von uns«, wiederholen meine Freundinnen.

Ich teile das Essen unter uns auf und wir mischen den Zucker in den Joghurt und lassen die Trauben reinplumpsen. Dann essen wir es abwechselnd auf.

»Das ist so dermaßen seltsam«, bemerkt Mia mit dem Löffel im Mund. »Aber die Zutaten passen irgendwie auch total gut zusammen. Du hast ein neues Rezept erfunden.«

»Seht ihr, ich sag's doch! *Zutaten!*«

Der superblutige Wolfsmond blickt durch mein Fenster zu uns herab, als wir in Lachen ausbrechen.

Zweieinhalb Jahre später

Ich starre auf den Eyeliner, versuche, ihn meinem Willen zu unterwerfen.

»Eyeliner, oh Eyeliner«, sage ich zum Kajal. »Wirst du mein Outfit ruinieren, wenn ich dich verwende?«

Mia kommt aus meinem Badezimmer, mit gerötetem Gesicht und in ein Handtuch gewickelt, umhüllt von dicken Dampfwolken. »Sprichst du mal wieder mit Gegenständen?«, fragt sie.

»Wenigstens versuch ich nicht mehr, meine Telekinesefähigkeiten zu beschwören.«

Mia setzt sich lachend auf meinen Bettrand und rubbelt sich die Haare trocken. Es macht mich immer noch froh, dass sie jetzt ihre Haut zeigt. Sie hat noch Narben, aber keine frischen Schnitte mehr. Seit zweieinhalb Jahren nicht.

»Ha, denkst du gerade an unsere Hexenphase?«, fragt Mia, die wieder meine Gedanken liest. »Das war so eine tolle Nacht.«

Ich sehe mich im Spiegel lächeln. »Ich kann immer noch nicht glauben, dass wir Alexis' toten Hund heraufbeschworen haben.«

»O Gott, sie hat diesen Köter NICHT AUSSTEHEN können. Was sollte das eigentlich? Übrigens danke noch mal, dass ich bei euch duschen konnte. Ich fass es nicht, dass ausgerechnet vor dem Abschlussball unser Boiler den Geist aufgibt.«

»Kein Problem, meine Liebe.«

Ich wende mich wieder dem Spiegel zu, versuche, mir darüber klar zu werden, ob der Eyeliner zu viel des Guten wäre. Ich bin immer noch ein bisschen nervös wegen des Kleids, das ich mir ausgesucht habe. Es ist so … gar nicht wie ich. Nun, zumindest nicht so, wie die Leute mich sehen. Es ist knallrot und hauteng, und man könnte es nicht mal übersehen, wenn man es versuchte. Ich habe mir die Lippen dazu passend knallrot geschminkt.

Mia stellt meinen Fön an und versucht, ihr Haar zu trocknen, während ich entscheide, dass ein Hauch Kajal noch niemandem geschadet hat.

»Wann kommt denn Alexis?«, ruft Mia durch den Radau, fährt sich mit den Händen durchs Haar, um es fluffig zu machen. »Wegen der kommen wir wieder zu spät, was?«

»Aber ganz bestimmt.«

»Schade, dass sie so toll ist.«

»Ich weiß. Eine Tragödie.«

Heute hatte ich den ganzen Tag unsere Hexennacht von vor so langer Zeit im Hinterkopf. Hauptsächlich wegen meiner damaligen Gewissheit, dass ich diesen Abend an der Seite von Aidan Chambers verbringen würde. Heute kann ich nur noch lachen bei der Vorstellung, mit ihm zum Abschlussball zu gehen. Komisch, wie die Zeit vergeht und aus totaler Besessenheit für jemanden völlige Gleichgültigkeit werden kann.

Ich mag die Zeit, beschließe ich und vollende meinen Lidstrich mit dem perfekten Aufwärtsschwung. Ich mag, wie sich im Laufe der Zeit offenbart, was einem wirklich wichtig ist, weil sich daran nichts ändert. Die Übernachtung ist beispielsweise jetzt schon über zwei Jahre her, und Aidan ist nur noch eine peinliche Erinnerung, während meine engsten Freundinnen immer noch meine engsten Freundinnen sind.

Nachdem sie sich abgetrocknet hat, zwängt Mia sich unter Verbiegungen in ein langes schwarzes Kleid, das für den Sommer viel zu heiß und zu düster ist. Aber sie sieht großartig darin aus, und sie ist es gewohnt, trotz Hitze Schwarz zu tragen.

»Sind meine Arme okay?«, fragt Mia und streckt sie mir kurz hin. »Narben nicht zu auffällig?«

Wieder muss ich an die verstreichende Zeit denken und an das Gute, das sie vollbringt. Wie, dass Mia jetzt offen und ehrlich über ihre Narben sprechen kann – und zwar nicht nur mit uns. Nach der Übernachtung hat sie es sogar ihren Eltern erzählt und die sind sofort mit ihr zur Ärztin.

»Alles okay damit, und du siehst toll aus«, sage ich.

»Danke, Kumpel. Du auch. Neunte-Klasse-Sophia hätte nie im Leben was Rotes angezogen.«

»Neunte-Klasse-Sophia hat gelernt, sich nicht mehr um die Meinung anderer Leute zu scheren«, entgegne ich lächelnd.

Wir drehen die Musik auf und rempeln einander an, kämpfen um den Platz vor dem Spiegel. Unsere Handys melden sich gleichzeitig mit einer Nachricht von Alexis:

TOTALES HAARDESASTER DAUERT NOCH

»Drama total, wie immer«, sagt Mia.

»So ein Drama.«

»Schade, dass sie so toll ist.«

Zwanzig Minuten später unterbricht ein Klopfen unsere Schminksession. »Kann ich reinkommen?«, ruft Mum. »Ich muss für Peinlichkeit sorgen, indem ich zehn Millionen Fotos schieße!«

Wie für sie typisch, wartet meine Mutter meine Antwort gar nicht ab, bevor sie hereingeplatzt kommt. »Ach, Sophia«, sagt sie und hält sich die Hand vor den Mund. »Du siehst so schön aus.«

Ich werde so rot wie mein Kleid. »Bitte keine Tränen jetzt!«

Mum hält die Kamera hoch und beginnt zu knipsen wie ein Paparazzo im Blutrausch.

»Mum! Ich bin noch nicht mal fertig!«

»Ich möchte nur ein paar Action-Aufnahmen! Okay. Gehen wir raus und schießen ein paar Fotos!«

Mia und ich verdrehen vereint die Augen. »Aber Alexis ist noch nicht mal da!«, sage ich.

»Wir machen dann noch mehr mit euch dreien, wenn sie kommt«, entgegnet Mum. »Auf jetzt. Raus. Neben den Baum. Dein Dad bringt mich um, wenn ich nicht ein paar Bilder mache.«

Wieder verdrehe ich die Augen. »Vielleicht sollte er einfach mal kommen, wenn er nichts verpassen will.«

Mum widerspricht nicht, sondern bekommt nur schmale Lippen. Das ist das Traurige an der verstreichenden Zeit, vermute ich. Sie zeigt einem, was einem wichtig ist, aber andererseits auch, wie wichtig man anderen ist. Und mein Dad hat es bisher nur einmal geschafft, mich einzuladen, seit er nach Kanada verschwunden ist. Ein einziges Mal.

Aber von Dad werde ich mir heute nicht die Stimmung vermiesen lassen. Ich schiebe meine Zehen entschlossen in die Sandalen und hopple die Treppe hinunter. Ich erhasche einen Blick auf mich im Flurspiegel und kann kaum fassen, dass ich das bin.

Wir gehen hinaus und veranstalten eine Minifotosession in der strahlenden Sonne. Mia schießt mehrere Fotos von Mum und mir zusammen. Mums Augen sind ganz feucht vor Stolz, als wär das hier mein Uniabschluss oder so. Ständig wiederholt sie, wie stolz sie doch ist.

»Worauf bitte?«

»Darauf, dass du bist, wie du bist!«

Und da muss ich sie umarmen.

Als wir fertig sind, ruft Mum: »Schön, jetzt der Champagner! Ich werde nun ein schlechter Einfluss auf euch sein und euch ein Glas gestatten, bevor ihr geht.« Sie saust in die Küche, getrieben von nervöser Energie.

»Sie sind sagenhaft!«, ruft Mia meiner Mum hinterher und setzt sich dann auf einen unserer Gartenstühle, um sich die Füße in den Schuhen zu reiben, die jetzt schon drücken. »Deine Mutter ist wirklich sagenhaft.«

Ich setze mich neben Mia. »Ich weiß.«

Eine Weile lang sitzen wir schweigend da, genießen die frühnachmittägliche Sonne auf der Haut. Ich kann es immer noch nicht fassen, dass die Schule vorbei ist. Nie wieder werde ich in dieses Gebäude gehen. Mia, Alexis und ich werden alle auf ein Oberstufen-College wechseln, statt auf der alten Schule zu bleiben, und von mir aus kann es jederzeit losgehen. Dort wird mich niemand mehr behandeln, als hätte ich mich seit der siebten Klasse nicht mehr verändert. Ein frischer Neuanfang mit meinen ältesten und besten Freundinnen.

»Wir haben echt geglaubt, wir sind Hexen, oder?«, sinniere ich, starre auf den Fuß des Baums, wo ich Aidan Chambers begraben hatte, und denke noch mal an den Abend.

»Waren wir auch«, sagt Mia. »Alle unsere Zaubersprüche haben funktioniert. Wir haben sogar einen Hund aus dem Totenreich zurückgeholt.«

Ich wackle mit dem Finger. »Nicht alle«, verbessere ich sie. »Mein Liebeszauber war ein absoluter Reinfall, weißt du nicht mehr? Aidan Chambers ist doch an dem Abend, als ich nicht auf der Party erschienen bin, wieder mit der blöden Nichtveganerin Jessica Hadley zusammengekommen.« Ich puste mir gegen die Stirnfransen und erinnere mich an das seltsam leere Gefühl, als das Foto von Jessica und Aidan beim Küssen unter dem Hashtag erschien. »Gott, war das ein Wichser«, füge ich hinzu.

»Hmm.«

»Aber wenn der Zauber nicht versagt hätte, wär ich auch überzeugt gewesen, dass wir magische Kräfte haben.«

»Hmm.«

»Was sollen die ständigen Hmms?«, frage ich und wende den Blick von einer Hummel zu Mia. Wie aus dem Nichts ist sie völlig rot angelaufen. Das rote Gesicht fällt bei ihrer blassen Haut besonders auf und sie möchte mich nicht ansehen.

»Was?«, frage ich. »Was ist denn?«

Mia hält die Hände hoch. »Okay, du musst mir versprechen, dass du nicht sauer wirst. Gott! Ich hab total vergessen, dass ich das gemacht habe!«

»*Was* gemacht? Was zum Henker? Mia? Was ist denn?«

»Versprich, dass du dich nicht aufregst!«

»Über etwas, das vor über zwei Jahren passiert ist?«

»Versprochen?«, fordert Mia.

»Ja, Herrgott noch mal! Was hast du gemacht?«

Sie antwortet nicht gleich, sondern blickt suchend im Garten umher, hält sich die Hände als Sonnenschutz über die Augen.

»Was?«, frage ich. »Was ist denn?«

Mums Stimme dringt aus der Küche. »Ich stell ihn nur kurz in der Spüle ins Eis – noch fünf Minuten, dann ist Champagnerzeit!«

Mia steht ruckartig auf, rafft das Kleid hoch und geht hinüber zum Gartenhäuschen. Sie kehrt mit einer verkrusteten Schaufel zurück, kauert sich unter den Baum und buddelt los.

Ich stehe auf. »Was zum Henker machst du da? Du versaust dir dein Kleid!«

»Die Sache ist die«, sagt Mia und hört mir gar nicht zu, als sie einen Klumpen Erde lockert. Ich stehe auf und stelle mich neben sie, etwas beiseite, damit ich nicht schmutzig werde. »Du musst dir bewusst machen, dass ich es nur gut gemeint habe. Du warst so traurig, als dein Vater weg war, und nach Aidan dann noch trauriger, und ich wollte einfach nur, dass du begreifst, wie toll du bist!«

Ich schüttle den Kopf, als Mia einen weiteren wurmigen Erdbrocken hochhebt.

»Was gräbst du hier den Garten um, verdammt?«, frage ich.

»Erinnerst du dich nicht mehr an den Liebeszauber?«, fragt Mia. »Als du ein Foto von ihm vergraben musstest?«

»Ich weiß nicht. Vermutlich … Warum … Was…«

Aber ich komme nicht dazu, einen Satz zu bilden, denn jetzt hält Mia einen lehmigen Seidenklumpen hoch. Sie wickelt ihn auseinander und holt ein vermodertes Foto heraus.

Ich schnappe nach Luft.

Das Foto zeigt mich.

Mich.

Es ist meine Hälfte des Fotos, das ich von mir und Aidan gemacht habe.

Mein Gesicht.

Nicht Aidans Gesicht.

»Ich hab sie vertauscht, als du die Augen zuhattest«, sagt Mia achselzuckend und legt die Schaufel ab. »Ich hab mir gedacht, es ist wichtiger, dass du lernst, dich selbst zu lieben. Wichtiger, dass der Zauber dir klarmacht, was *du* wert bist, statt dass du deine ganze Macht einem bescheuerten Jungen in die Hände gibst.«

Völlig geplättet nehme ich ihr das Foto ab. Da. Da bin ich. Neunte-Klasse-Sophia, und sie sieht so verletzlich aus und unsicher, als verdiene sie es nicht, ihre Wange neben den Jungen zu halten, dessen Bild eigentlich unter diesem Baum hätte vergraben liegen sollen.

»Ich weiß nicht, ob ich jetzt sauer sein soll oder nicht«, sage ich.

»Es tut mir leid«, antwortet Mia. »Ich hab es irgendwie bis eben verdrängt, dass ich die Fotohälften ausgewechselt hatte.«

Mein Mund klappt auf. »Moment, heißt das etwa, dass unsere Zaubersprüche tatsächlich alle gewirkt haben? Denn ich hab ja in dieser Nacht wirklich gelernt, mich selbst zu lieben. Und der Hund. Und du hast dir Hilfe gesucht und aufgehört, dich selbst zu verletzen.«

Mia hebt die Augenbrauen. »Kann sein. Wer weiß?«

Mir läuft es kalt den Rücken runter, trotz der Affenhitze. Ich dachte, der ganze Abend sei ein Witz gewesen, herumalbernde junge Mädchen, mehr nicht. Aber was, wenn wir …

»Ratet mal, wer da ist!«, ruft Mum, als sie mit einem Tablett voller Champagnerflöten auf der Terrasse erscheint. Alexis steht neben ihr und sieht aus, als hätte sie mit der Hand in die Steckdose gefasst. Das reißt mich aus meinen Gedanken.

»Deine Haare!«, rufe ich ihr zu.

»ICH WEISS! KEINER HAT MIR GEGLAUBT, DASS ES SCHLIMM IST, WEIL IHR ALLE IMMER

MEINT, ICH ÜBERTREIBE NUR, ABER MANCHMAL LIEGE ICH EINFACH NUR RICHTIG, OHNE ÜBERTREIBUNG!«

Mum stellt das Tablett auf den Tisch. »Das muss fotografiert werden«, sagt sie lachend. »Kommt, lasst mich die Katastrophe festhalten, und dann kannst du mit meinem Nobellockenstab retten, was noch zu retten ist.«

Alexis' Hand fliegt zu ihrem verrückten Schopf. »Ich bin mir gar nicht sicher, ob ich das dokumentiert haben muss.«

»Ich verspreche euch, dass dies die Momente sind, an die man sich wirklich erinnern möchte«, sagt Mum. »Kommt schon! Alle zusammen. Gruppenbild!«

Wir versammeln uns unter derselben Birke, unter der wir schon vor zwei Jahren standen.

Älter. Klüger. Vielleicht Hexen, vielleicht auch nicht. Ich weiß nicht, ob ich je wieder etwas zaubern möchte. Mit solchen Freundinnen an meiner Seite muss ich das wahrscheinlich auch gar nicht.

»Sagt Spaghetti!«, befiehlt Mum.

»Spagheeeettiiii.«

Die Kamera klickt und hält den Augenblick für alle Zeiten fest. Ich denke an das Mädchen auf dem Foto, das unter dem Baum vergraben lag, und wie sehr sie sich gehasst hat. Ich denke daran, wie viel besser ihr Leben geworden ist, als sie diesen Hass langsam losgelassen und Platz für Liebe gemacht hat. Und wie ihre

Freundinnen ihr dabei geholfen haben. Die Freundinnen, deren Hände jetzt auf meinem Rücken liegen, mich an sich ziehen, meiner manischen Mutter zuliebe in die Kamera lächeln. Und mir wird klar, dass es mir völlig egal ist, ob wir jetzt Hexen sind oder nicht. Ich brauche nicht zu wissen, ob ich Zauberkräfte habe. Denn sich selbst lieben zu lernen und Menschen zu finden, die einen ebenfalls lieben, das ist die wahre Magie.

Platz für Notizen & eigene Zaubersprüche: